红色经典
文艺作品
口袋书

赵树理

著

~~~~~~~

本书编委会 编选

上海文艺出版社

小二黑结婚

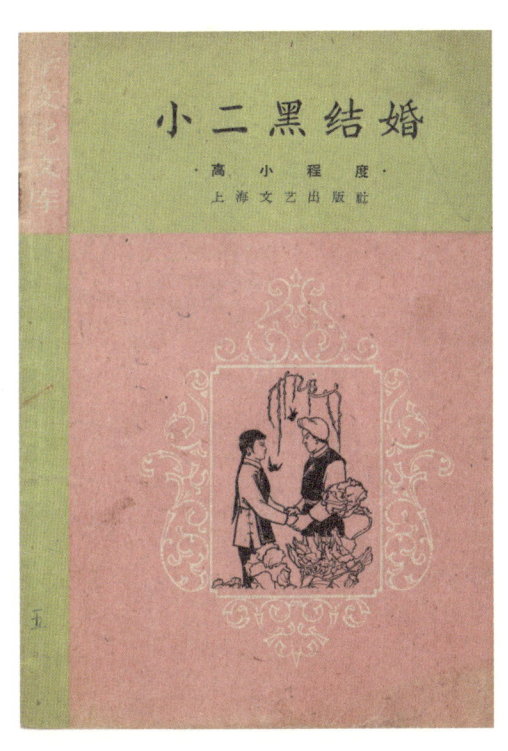

《小二黑结婚》
上海文艺出版社 1960 年版

目录

★

小二黑结婚
001

李有才板话
046

小二黑结婚

一　神仙的忌讳

刘家峧有两个神仙,邻近各村无人不晓:一个是前庄上的二诸葛,一个是后庄上的三仙姑。二诸葛原来叫刘修德,当年做过生意,抬脚动手都要论一论阴阳八卦,看一看黄道黑道。三仙姑是后庄于福的老婆,每月初一、十五都要顶着红布摇摇摆摆装扮天神。

二诸葛忌讳"不宜栽种",三仙姑忌讳"米烂了"。这里边有两个小故事:有一年春天大旱,直到阴历五月初三才下了四指雨。初四那天大家都抢着种地,二诸葛看了看历书,又掐指算了一下说:"今日不宜栽种。"初五日是端午,他历年就不在端午这天做什么,又不曾种;初六倒是个黄道吉日,可惜地干了,虽然勉强把他的四亩谷子种上了,却没有出够一半。后来直到十五才又下雨,别人家都在地里锄苗,二诸葛却领着两个孩子在地里补空子。邻家有个后生,吃饭时候在街上碰上二诸葛便问道:"老汉!今天宜栽种不宜?"二诸葛翻了他一眼,扭转头返回去了,大家就嘻嘻哈哈传为笑谈。

　　三仙姑有个女孩叫小芹。一天,金旺他爹到三仙姑那里问病,三仙姑坐在香案后唱,金旺他爹跪在香案前听。小芹那年才九岁,响午做捞饭,把米下进锅里了,听见她娘哼哼得很中听,站在桌前听了一会儿,把做饭也忘了。一会儿,金旺他爹出去小便,三仙姑趁空子向小芹说:"快去捞饭!米烂了!"这句话却不料就叫金旺他爹听见,回去就传开了。后来有些好玩笑的人,见了三仙姑就故意问别人:"米烂了没有?"

二 三仙姑的来历

三仙姑下神,足足有三十年了。那时三仙姑才十五岁,刚刚嫁给于福,是前后庄上第一个俊俏媳妇。于福是个老实后生,不多说一句话,只会在地里死受。于福的娘早死了,只有个爹,父子两个一上了地,家里就只留下新媳妇一个人。村里的年轻人们觉着新媳妇太孤单,就慢慢自动地来跟新媳妇做伴,不几天就集合了一大群,每天嘻嘻哈哈,十分红火。于福他爹看见不像个样子,有一天发了脾气,大骂一顿,虽然把外人挡住了,新媳妇却跟他闹起来。新媳妇哭了一天一夜,头也不梳,脸也不洗,饭也不吃,躺在炕上,谁也叫不起来,父子两个没了办法。邻家有个老婆替她请了一个神婆子,在她家下了一回神,说是三仙姑跟上她了,她也哼哼唧唧自称吾神长吾神短,从此以后每月初一、十五就下起神来,别人也给她烧起香来求财问病,三仙姑的香案便从此设起来了。

青年们到三仙姑那里去，要说是去问神，还不如说是去看圣像。三仙姑也暗暗猜透大家的心事，衣服穿得更新鲜，头发梳得更光滑，首饰擦得更明，官粉搽得更匀，不由青年们不跟着她转来转去。

这是三十来年前的事。当时的青年，如今都已留下胡子，家里大半又都是子媳成群，所以除了几个老光棍，差不多都没有那些闲情到三仙姑那里去了。三仙姑却和大家不同，虽然已经四十五岁，却偏爱当个老来俏，小鞋上仍要绣花，裤腿上仍要镶边，顶门上的头发脱光了，用黑手帕盖起来，只可惜官粉涂不平脸上的皱纹，看起来好像驴粪蛋上下上了霜。

老相好都不来了，几个老光棍不能叫三仙姑满意，三仙姑又团结了一伙孩子们，比当年的老相好更多、更俏皮。

三仙姑有什么本领能团结这伙青年呢？这秘密在她女儿小芹身上。

三　小芹

三仙姑前后共生过六个孩子，就有五个没有成人，只落了一个女儿，名叫小芹。小芹当两三岁时候，就非常伶俐乖巧，三仙姑的老相好们，这个抱过来说是"我的",那个抱起来说是"我的",后来小芹长到五六岁,知道这不是好话,三仙姑教她说:"谁再这么说,你就说'是你的姑姑'。"说了几回,果然没有人再提了。

小芹今年十八了,村里的轻薄人说,比她娘年轻时候好得多。青年小伙子们,有事没事,总想跟小芹说句话。小芹去洗衣服,马上青年们也都去洗;小芹上树采野菜,马上青年们也都去采。

吃饭时候,邻居们端上碗爱到三仙姑那里坐一会儿,前庄上的人来回一里路,也并不觉得远。这已经是三十年来的老规矩,不过小青年们也这样热心,却是近二三年来才有的事。三仙姑起先还以为自己仍有勾引青年的本领,日子长了,青年们并不真正跟她接近,她才慢慢看出门道来,才知道人家来了为的是小芹。

不过小芹却不跟三仙姑一样:表面上虽然也跟大家说说笑笑,实际上却不跟人乱来,近二三年,只是跟小二黑好一点。前年夏天,有一天前晌,于福去地,三仙姑去串门,家里只留下小芹一个人。金旺来了,嬉皮笑脸向小芹说:"这会儿可算是个空子吧?"小芹板起脸来说:"金旺哥!咱们以后说话要规矩些!你也是娶媳妇大汉了!"金旺撇撇嘴说:"咦!装什么假正经?小二黑一来管保你就软了!有便宜大家讨开点,没事;要正经除非自己锅底没有黑!"说着就拉住小芹的胳膊悄悄说:"不用装模作样了!"不料小芹大声喊道:"金旺!"金旺赶紧放手跑出来。一边还咄念道:"等得住你!"说着就悄悄溜走了。

四　金旺弟兄

提起金旺来,刘家峧没有人不恨他,只有他一个本家兄弟名叫兴旺跟他对劲。

金旺他爹虽是个庄稼人,却是刘家峧一只虎,当过几十年老社首,捆人打人是他的拿手好戏。金旺长到十七八岁,就成了他爹的好帮手,兴旺也学会了帮虎吃食,从此金旺他爹想要捆谁,就不用亲自动手,只要下个命令,自有金旺、兴旺代办。

抗战初年,汉奸敌探溃兵土匪到处横行,那时金旺他爹已经死了,金旺兴旺弟兄两个,给一支溃兵作了内线工作,引路绑票,讲价赎人,又做巫婆又做鬼,两头出面装好人。后来八路军来,打垮溃兵土匪,他两人才又回到刘家峧。

山里人本来就胆子小，经过几个月大混乱，死了许多人，弄得大家更不敢出头了。别的大村子都成立了村公所、各救会、武委会，刘家峧却除了县府派来一个村长以外，谁也不愿意当干部。不久，县里派人来刘家峧工作，要选举村干部，金旺跟兴旺两个人看出这又是掌权的机会，大家也巴不得有人愿干，就把兴旺选为武委会主任，把金旺选为村政委员，连金旺老婆也被选为妇救会主席，其他各干部，硬捏了几个老头子出来充数。只有青抗先队长，老头子充不得。兴旺看见小二黑这个小孩子漂亮好玩，随便提了一下名就通过了，他爹二诸葛虽然不愿，可是惹不起金旺，也没有敢说什么。

村长是外来的，对村里情形不十分了解，从此金旺、兴旺比以前更厉害了，只要瞒住村长一个人，村里人不论哪个都得由他两个调遣。这几年来，村里别的干部虽然调换了几个，而他两个却好像铁桶江山。大家对他两个虽是恨之入骨，可是谁也不敢说半句话，都恐怕扳不倒他们，自己吃亏。

五 小二黑

小二黑，是二诸葛的二小子，有一

次反"扫荡"打死过两个敌人,曾得到特等射手的奖励。说到他的漂亮,那不只在刘家峧有名,每年正月扮故事,不论去到哪一村,妇女们的眼睛都跟着他转。

　　小二黑没有上过学,只是跟着他爹识了几个字。当他六岁时候,他爹就教他识字。识字课本既不是五经四书,也不是常识国语,而是从天干、地支、五行、八卦、六十四卦名等学起,进一步便学些《百中经》、《玉匣记》、《增删卜易》、《麻衣神相》、《奇门遁甲》、《阴阳宅》等书。小二黑从小就聪明,像那些算属相、卜六壬课、念大小流年或"甲子乙丑海中金"等口诀,不几天就都弄熟了,二诸葛也常把他引在人前卖弄。因为他长得伶俐可爱,大人们也都爱跟他玩;这个说:"二黑,算一算十岁属什么?"那个说:"二黑,给我卜一课!"后来二诸葛因为说"不宜栽种"误了种地,老婆也埋怨,大黑也埋怨,庄上人也都传为笑谈,小二黑也跟着这事受了许多奚落。那时候小二黑十三岁,已经懂得好歹了,可是大人们仍把他当成小孩来玩弄,好跟二诸葛开玩笑的,一到了家,常好对着二诸葛问小二黑道:"二黑!算算今天宜不宜栽种?"和小二黑年纪相仿的孩子们,一跟小二黑生了气，就连声喊道："不宜栽种不宜栽种……"小二黑因为这事，好几个月见了人躲着走，从此就和他娘商量成一气，再不信他爹的鬼八卦。

小二黑跟小芹相好已经二三年了。那时候他才十六七，原不过在冬天夜长时候，跟着些闲人到三仙姑那里凑热闹，后来跟小芹混熟了，好像是一天不见面也不能行。后庄上也有人愿意给小二黑跟小芹做媒人，二诸葛不愿意，不愿意的理由有三：第一小二黑是金命，小芹是火命，恐怕火克金；第二小芹生在十月，是个犯月；第三是三仙姑的声名不好。恰巧在这时候彰德府来了一伙难民，其中有个老李带来个八九岁的小姑娘,因为没有吃的,愿意把姑娘送给人家逃个活命。二诸葛说是个便宜,先问了一下生辰八字,掐算了半天说:"千里姻缘使线牵。"就替小二黑收作童养媳。

虽然二诸葛说是千合适万合适,小二黑却不认账。父子俩吵了几天,二诸葛非养不行,小二黑说:"你愿意养你就养着,反正我不要!"结果虽把小姑娘留下了,却到底没有说清楚算什么关系。

六　斗争会

金旺自从碰了小芹的钉子以后,每

日怀恨，总想设法报一报仇。有一次武委会训练村干部，恰巧小二黑发疟疾没有去。训练完毕之后，金旺就向兴旺说："小二黑是装病，其实是被小芹勾引住了，可以斗争他一顿。"兴旺就是武委会主任，从前也碰过小芹一回钉子，自然十分赞成金旺的意见，并且又叫金旺回去和自己的老婆说一下，发动妇救会也斗争小芹一番。金旺老婆现任妇救会主席，因为金旺好到小芹那里去，早就恨得小芹了不得。现在金旺回去跟她说要斗争小芹，这才是巴不得的机会，丢下活计，马上就去布置，第二天，村里开了两个斗争会，一个是武委会斗争小二黑,一个是妇救会斗争小芹。

小二黑自己没有错,当然不承认,嘴硬到底。兴旺就下命令,把他捆起来送交政权机关处理。幸而村长脑筋清楚,劝兴旺说:"小二黑发疟是真的,不是装病,至于跟别人恋爱,不是犯法的事,不能捆人家。"兴旺说:"他已是有了女人的。"村长说:"村里谁不知道小二黑不承认他的童养媳。人家不承认是对的:男不过十六女不过十五,不到订婚年龄。十来岁小姑娘,长大也不会来认这笔账。小二黑满有资格跟别人恋爱,谁也不能干涉。"兴旺没话说了,小二黑反要问他:"无故捆人犯法不犯?"经村长双方劝解,才算放了完事。

兴旺还没有离村公所,小芹拉着妇救会主席也来找村长,她一进门就说:"村长!捉贼要赃,捉奸要双,当了妇救会主席就不说理了?"兴旺见拉着金旺的老婆,生怕说出这事与自己有关,赶紧溜走。后来村长问了问情由,费了好大一会儿唇舌,才给她们调解开。

七　三仙姑许亲

两个斗争会开过以后,事情包也包

不住了，小二黑也知道这事是合理合法的了，索性就跟小芹公开商量起来。

三仙姑却着了急。她跟小芹虽是母女，近几年来却不对劲。三仙姑爱的是青年们，青年们爱的是小芹。小二黑这个孩子，在三仙姑看来好像鲜果，可惜多一个小芹，就没了自己的份儿。她本想早给小芹找个婆家推出门去，可是因为自己声名不正，差不多都不愿意跟她结亲。开罢斗争会以后，风言风语都说小二黑要跟小芹自由结婚，她想要真是那样的话，以后想跟小二黑说句笑话都不能了，那是多么可惜的事，因此托东家求西家要给小芹找婆家。

"插起招军旗,就有吃粮人。"有个吴先生是在阎锡山部下当过旅长的退职军官,家里很富,才死了老婆。他在奶奶庙大会上见过小芹一面,愿意续她,媒人向三仙姑一说,三仙姑当然愿意。不几天过了礼帖,就算定了,三仙姑以为了却一宗心事。

小芹已经和小二黑商量得差不多了,如何肯听她娘的话?过礼那一天,小芹跟她娘闹起来,把吴先生送来的首饰绸缎扔下一地。媒人走后,小芹跟她娘说:"我不管!谁收了人家的东西谁跟人家去!"

三仙姑愁住了,睡了半天,晚饭以

后,说是神上了身,打了两个呵欠就唱起来。她起先责备于福管不了家,后来说小芹跟吴先生是前世姻缘,还唱些什么"前世姻缘由天定,不顺天意活不成……"于福跪在地下哀求,神非教他马上打小芹一顿不可。小芹听了这话,知道跟这个装神弄鬼的娘说不出什么道理来,干脆躲了出去,让她娘一个人胡说。

小芹一个人悄悄跑到前庄上去找小二黑,恰在路上碰上小二黑去找她,两个就悄悄拉着手到一个大窑里去商量对付三仙姑的法子。

八　拿双

小芹把她娘怎样主婚怎样装神，唱些什么，从头至尾细细向小二黑说了一遍，小二黑说："不用理她！我打听过区上的同志，人家说只要男女本人愿意，就能到区上登记，别人谁也做不了主……"说到这里，听见外边有脚步声，小二黑伸出头来一看，黑影里站着四五个人，有一个说："拿双拿双！"他两人都听出是金旺的声音，小二黑起了火，大叫道："拿？没有犯了法！"兴旺也来了，下命令道："捉住捉住！我就看你犯法不犯法，给你操了好几天心了！"小二黑说："你说去哪里咱就去哪里，到边区政府你也不能把谁怎么样！走！"兴旺说："走？便宜了你！把他捆起来！"小二黑挣扎了一会儿，无奈没有他们人多，终于被他们七手八脚打了一顿捆起来了。兴旺说："里边还有个女的，也捆起来！捉奸要双，这是她自己说的！"说着就把小芹也捆起来了。

前庄上的人都还没有睡，听见有人吵架，有些人就跑出来看，麻秆火把下看见捆着的两个人，大家不问就都知道了八九分。二诸葛也出来了，见小二黑被人家捆起来，就跪在兴旺面前哀求道："兴旺！咱两家没有什么仇！看在我老汉面上，请你们诸位高高手……"兴旺说："这事情，我们管不了，送给上级再说吧！"小二黑说："爹！你不用管！送到哪里也不犯法！我不怕他！"兴旺说："好小子！要硬你就硬到底！"又逼住三个民兵说："带他们走！"一个民兵问："带到村公所？"兴旺说："还到村公所干什么？上一回不是村长放了的？送给区武委会主任按军法处理！"说着就把他两个人拥上走了。

九　二诸葛的神课

邻居们见是兴旺弟兄们捆人,也没有人敢给小二黑讲情,直等到他们走后,才把二诸葛招呼回家。

二诸葛连连摇头说:"唉!我知道这几天要出事啦:前天早上我上地去,才上到岭上,碰上个骑驴媳妇,穿了一身孝,我就知道坏了。我今年是罗睺星照运,要谨防戴孝的冲了运气,因此哪里也不敢去,谁知躲也躲不过?昨天晚上二黑他娘梦见庙里唱戏。今天早上一个老鸦落在东房上叫了十几声……唉!反正是时运，躲也躲不过。"他啰哩啰嗦念了一大堆，邻居们听了有些厌烦，又给他说了一会宽心话，就都散了。

有事人哪里睡得着？人散了之后，二诸葛家里除了童养媳之外，三个人谁也没有睡。二诸葛摸了摸脸，取出三个制钱占了一卦，占出之后吓得他面色如土。他说："了不得呀了不得！丑土的父母动出午火的官鬼，火旺于夏，恐怕有些危险了。唉！人家把他选成青年队长，我就说过不叫他当，小杂种硬要充人物头！人家说要按军法处理，要不当队长哪里犯得了军法？"老婆也拍手跺脚道："小爹呀！谁知道你要闯这么大的事啦?"大黑劝道:"甭怕!事已经出下了,由他去吧!我想这又不是人命事,也犯不了什么大罪!既然他们送到区上了,我先到区上打听打听!你们都睡吧!"说着点了个灯笼就走了。

二诸葛打发大黑去后,仍然低头细细研究方才占的那一卦。停了一会儿,远远听着有个女人哭,越哭越近,不大一会儿就来到窗下,一推门就进来了。二诸葛还没有看清是谁,这女人就一把把他拉住,带哭带闹说:"刘修德!还我闺女!你的孩子把我的闺女勾引到哪里了?还我……"二诸葛老婆正气得死去活来,一看见来的是三仙姑,正赶上出气,从炕上跳下来拉住她道:"你来了好!省得我去找你!你母女两个好生生把我个孩子勾引坏,你倒有脸来找我!咱两人就也到区上说说理!"两个女人滚成一团,二诸葛一个人拉也拉不开,也再顾不上研究他的卦。三仙姑见二诸葛老婆已经不顾了命,自己先胆怯了几分,不敢恋战,吵闹了一会儿挣脱出来就走了。二诸葛老婆追出门来,被二诸葛拦回去,还骂个不休。

十　恩典恩典

二诸葛一夜没有睡,一遍一遍念:

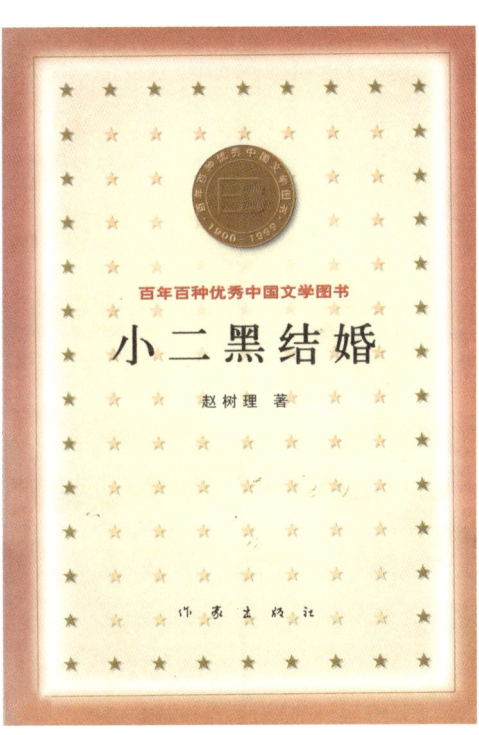

《小二黑结婚》
作家出版社 2000 年版

"大黑怎么还不回来,大黑怎么还不回来?"第二天天不明就起程往区上走,走到半路,远远看见大黑、三个民兵已都回来了,还来了区上一个助理员、一个交通员。他远远就喊叫道:"大黑!怎么样?要紧不要紧?"大黑说:"没有事!不怕!"说着就走到跟前,助理员跟三个民兵先走了。大黑告交通员说:"这就是我爹!"又向二诸葛说:"区上添传你跟于福老婆。你去吧,没有事!二黑跟小芹两个人,一到区上就放开了。区上早就说兴旺跟金旺两个人不是东西,已经把他两个人押起来了,还派助理员到咱村开大会调查他们横行霸道的证据。我赶到那里人家就问罢了,听说区上还许咱二黑跟小芹结婚。"二诸葛说:"不犯罪就好,结婚可不行,命相不对!你没有听说添传我做什么?"大黑说:"不知道,大约也没有什么大事。你去吧,我先回去告我娘说。"交通员说:"老汉!这就算见了你了!你去吧,我再传那一个去!"说了就跟大黑相跟着走了。

二诸葛到了区上,看见小二黑跟小芹坐在一条板凳上,他就指着小二黑骂道:"闯祸东西!放了你你还不快回去?你把老子吓死了!不要脸!"区长道:"干什么?区公所是骂人的地方?"二诸葛不说话了。区长问:"你就是刘修德?"二诸葛答:"是!"问:"你给刘二黑收了个童养媳?"答:"是!"问:"今年几岁了?"答:"属猴的,十二岁了。"区长说:"女不过十五岁不能订婚,把人家退回娘家去,刘二黑已经跟于小芹订婚了!"二诸葛说:"她只有个爹,也不知逃难逃到哪里去了,退也没处退。女不过十五不能订婚,那不过是官家规定,其实乡间七八岁订婚的多着哩。请区长恩典恩典就过去了……"区长说:"凡是不合法的订婚,只要有一方面不愿意都得退!"二诸葛说:"我这是两家情愿!"区长问小二黑道:"刘二黑!你愿意不愿意?"小二黑说:"不愿意!"二诸葛的脾气又上来了,瞪了小二黑一眼道:"由你啦?"区长道:"给他订婚不由他,难道由你啦?老汉!如今是婚姻自主,由不得你了,你家养的那个小姑娘,要真是没有娘家,就算成你的闺女好了。"二诸葛道:"那也可以,不过还得请区长恩典恩典,不能叫他跟于福这闺女订婚!"区长说:"这你就管不着了!"二诸葛发急道:"千万请区长恩典恩典,命相不对,这是一辈子的事!"又向小二黑道:"二黑!你不要糊涂了!这是你一辈子的事!"区长道:"老汉!你不要糊涂了;强逼着你十九岁的孩子娶上个十二岁的小姑娘,恐怕要生一辈子气!我不过是劝一劝你,其实只要人家两个人愿意,你愿意不愿意都不相干。回去吧!童养媳没处退就算成你的闺女!"二诸葛还要请区长"恩典恩典",一个交通员把他推出来了。

十一　看看仙姑

三仙姑去寻二诸葛,一来为的是逗逗闹气的本领,二来为的是遮遮外人的耳目,其实让小芹吃一吃亏她很高兴,所以跟二诸葛老婆闹了一阵之后,回去就睡了。第二天早上,她起得很迟,于福虽比她着急,可是自己既没有主意,又不敢叫醒她,只好自己先去做饭,饭快成的时候,三仙姑慢慢起来梳妆,于福问她道:"不去打听打听小芹?"她说:"打听她做甚啦?她的本领多大啦?"于福也再没有敢说什么,把饭菜做成了放在炉边等,直等到她梳妆罢了才开饭。

饭还没有吃罢,区上的交通员来传她。她好像很得意,嗓子拉得长长地说:"闺女大了咱管不了,就去请区长替咱管教管教!"她吃完了饭,换上新衣服、新手帕、绣花鞋、镶边裤,又擦了一次粉,加了几件首饰,然后叫于福给她备上驴,她骑上,于福给她赶上,往区上去。

到了区上,交通员把她引到区长房子里,她趴下就磕头,连声叫道:"区长老爷,你可要给我做主!"区长正伏在桌上写字,见她低着头跪在地下,头上戴了满头银首饰,还以为是前两天跟婆婆生了气的那个年轻媳妇,便说道:"你婆婆不是有保人吗?为什么不找保人?"三仙姑莫名其妙,抬头看了看区长的脸。区长见是个擦着粉的老太婆,才知道是认错人了。交通员道:"认错人了!这就是于小芹的娘!"区长打量了她一眼道:"你就是小芹的娘呀?起来!不要装神作鬼!我什么都清楚!起来!"三仙姑站起来了。区长问:"你今年多大岁数?"三仙姑说:"四十五。"区长说:"你自己看看你打扮得像个人不像?"门边站着老乡一个十来岁的小闺女嘻嘻嘻笑了。交通员说:"到外边耍!"小闺女跑了。区长问:"你会下神是不是?"三仙姑不敢答话。区长问:"你给你闺女找了个婆家?"三仙姑答:"找下了!"问:"使了多少钱?"答:"三千五!"问:"还有些什么?"答:"有些首饰布匹!"问:"跟你闺女商量过没有?"答:"没有!"问:"你闺女愿意不愿意?"答:"不知道!"区长道:

"我给你叫来你亲自问问她!"又向交通员道:"去叫于小芹!"

刚才跑出去那个小闺女,跑到外边一宣传,说有个打官司的老婆,四十五了,擦着粉,穿着花鞋。邻近的女人们都跑来看,挤了半院,唧唧哝哝说:"看看!四十五了!""看那裤腿!""看那鞋!"三仙姑半辈子没有脸红过,偏这会儿撑不住气了,一道道热汗在脸上流。交通员领着小芹来了,故意说:"看什么?人家也是个人吧,没有见过?闪开路!"一伙女人们哈哈大笑。

把小芹叫来,区长说:"你问问你闺女愿意不愿意!"三仙姑只听见院里人说:"四十五""穿花鞋",羞得只顾擦汗,再也开不得口。院里的人们忽然又转了话头,都说"那是人家的闺女""闺女不如娘会打扮",也有人说"听说还会下神",偏又有个知道底细的断断续续讲"米烂了"的故事;这时三仙姑恨不得一头碰死。

区长说:"你不问我替你问!于小芹,你娘给你找的婆家你愿意跟人家结婚不愿意?"小芹说:"不愿意!我知道人家是谁?"区长向三仙姑道:"你听见了吧?"又给她讲了一会儿婚姻自主的法令,说小芹跟小二黑订婚完全合法,还吩咐她把吴家送来的钱和东西原封退了，让小芹跟小二黑结婚。她羞愧之下，一一答应了下来。

十二　怎么到底

三个民兵回到刘家峧，一说区上把兴旺、金旺二人押起来，又派助理员来调查他们的罪恶，真是人人拍手称快。午饭后，庙里开一个群众大会，村长报告了开会宗旨，就请大家举他两个人的作恶事实。起先大家还怕扳不倒人家，人家再返回来报仇，老大一会儿没有人说话，有几个胆子太小的人，还悄悄劝大家说："忍事者安然。"有个被他两人作践垮了的年轻人说:"我从前没有忍过?越忍越不得安然!你们不说我说!"他先从金旺领着土匪到他家绑票说起,一连说了四五款,才说道:"我歇歇再说,先让别人也说几款!"他一说开了头,许多受过害的人也都抢着说起来:有给他们花过钱的,有被他们逼着上过吊的,也有产业被他们霸了的,老婆被他们奸淫过的。他两人还派上民兵给他们自己割柴,拨上民夫给他们自己锄地;浮收粮,私派款,强迫民兵捆人……你一宗他一宗,从晌午说到太阳落,一共说了五六十款。

区上根据这些罪状把他两人送到县

里，县里把罪状一一证实之后，除叫他们赔偿大家损失外，又判了十五年徒刑。

经过这次大会之后，村里人也都敢出头了。不久，村干部又都经过大改选，村里人再也不敢乱投坏人的票了。这期间，金旺老婆自然也落了选。偏她还变了口吻，说："以后我也要进步了。"

两个神仙也有了变化：

三仙姑那天在区上被一伙妇女围住看了半天，实在觉着不好意思，回去对着镜子研究了一下，真有点打扮得不像话；又想到自己的女儿快要跟人结婚，自己还卖什么老俏？这才下了个决心，把自己的打扮从顶到底换了一遍,弄得像个当长辈人的样子,把三十年来装神弄鬼的那张香案也悄悄拆去。

二诸葛那天从区上回去,又向老婆提起二黑跟小芹的命相不对,他老婆道:"把你的鬼八卦收起吧!你不是说二黑这回了不得吗?你一辈子放个屁也要卜一课,究竟抵了些什么事?我看小芹满不错,能跟咱二黑过就很好!什么命相对不对?你就不记得'不宜栽种'?"二诸葛见老婆都不信自己的阴阳,也就不好意思再到别人跟前卖弄他那一套了。

小芹和小二黑各回各家,见老人们

的脾气都有些改变，托邻居们趁势说和说和，两位神仙也就顺水推舟同意他们结婚。后来两家都准备了一下，就过门。过门之后，小两口都十分得意，邻居们都说是村里第一对好夫妻。

夫妻俩在自己卧房里有时候免不了说玩话：小二黑好学三仙姑下神时候唱"前世姻缘由天定"，小芹好学二诸葛说"区长恩典，命相不对"。淘气的孩子们去听窗，学会了这两句话，就给两位神仙加了新外号：三仙姑叫"前世姻缘"，二诸葛叫"命相不对"。

1943年5月写于太行

李有才板话

一 书名的来历

阎家山有个李有才,外号叫"气不死"。

这人现在有五十多岁,没有地,给

村里人放牛,夏秋两季捎带看守村里的庄稼。他只是一身一口,没有家眷。他常好说两句开心话,说是"吃饱了一家不饥,锁住门也不怕饿死小板凳"。村东头的老槐树底有一孔土窑还有三亩地,是他爹给留下的,后来把地押给阎恒元,土窑就成了他的全部产业。

阎家山这地方有点古怪:村西头是砖楼房,中间是平房,东头的老槐树下是一排二三十孔土窑。地势看来也还平,可是从房顶上看起来,从西到东却是一道斜坡。西头住的都是姓阎的;中间也有姓阎的也有杂姓,不过都是些在地户;只有东头特别,外来的开荒的占一半，日子过倒霉了的杂姓，也差不多占一半，姓阎的只有三家，也是破了产卖了房子才搬来的。

李有才常说："老槐树底的人只有两辈——一个'老'字辈，一个'小'字辈。"这话也只是取笑：他说的"老"字辈，就是说外来的开荒的，因为这些人的名字除了闾长派差派款在条子上开一下以外，别的人很少留意，人叫起来只是把他们的姓上边加个"老"字，像老陈、老秦、老常等。他说的"小"字辈，就是其余的本地人，因为这地方人起乳名，常把前边加个"小"字，像小顺、小保等。可是西头那些大户人家，都用的是官名，有乳名别人也不敢叫——比方老村长阎恒元乳名叫"小囤"，别人对上人家不只不敢叫"小囤"，就是该说"谷囤"也只得说成"谷仓"，谁还好意思说出"囤"字来？一到了老槐树底，风俗大变，活八十岁也只能叫小什么，小什么，你就起上个官名也使不出去——比方陈小元前几年请柿子洼老先生给起了个官名叫"陈万昌"，回来虽然请闾长在闾账上改过了，可是老村长看账时候想不起这"陈万昌"是谁，问了一下闾长，仍然提起笔来给他改成陈小元。因为有这种关系，老槐树底的本地人，终于还都是"小"字辈。

李有才自己,也只能算"小"字辈人,不过他父母是大名府人,起乳名不用"小"字,所以从小就把他叫成"有才"。

在老槐树底,李有才是大家欢迎的人物,每天晚上吃饭时候,没有他就不热闹。他会说开心话,虽是几句平常话,从他口里说出来就能引得大家笑个不休。他还有个特别本领是编歌子,不论村里发生件什么事,有个什么特别人,他都能编一大套,念起来特别顺口。这种歌,在阎家山一带叫"圪溜嘴",官话叫"快板"。

比方说:西头老户主阎恒元,在抗战以前年年连任村长,有一年改选时

候,李有才给他编了一段快板道:

村长阎恒元,一手遮住天,

自从有村长,一当十几年。

年年要投票,嘴说是改选,

选来又选去,还是阎恒元。

不如弄块板,刻个大名片,

每逢该投票,大家按一按,

人人省得写,年年不用换,

用他百把年,管保用不烂。

恒元的孩子是本村的小学教员,名叫家祥,一九三〇年在县里的简易师范毕业。这人的相貌不大好看,脸像个葫芦瓢子,说一句话眨十来次眼皮。不过人不可以貌取,你不要以为他没出息,其实一肚肮脏计,谁跟他共事也得吃他的亏。李有才也给他编过一段快板道:

　　鬼眨眼,阎家祥,

　　眼睫毛,二寸长,

　　大腮蛋,塌鼻梁,

　　说句话儿眼皮忙。

　　两眼一忽闪,

　　肚里有主张,

　　强占三分理,

　　总要沾些光。

　　便宜占不足,

气得脸皮黄，

眼一挤，嘴一张，

好像母猪打哼哼！

像这些快板，李有才差不多每天要编，一方面是他编惯了觉着口顺，另一方面是老槐树底的年轻人吃饭时候常要他念些新的，因此他就越编越多。他的新快板一念出来，东头的年轻人不用一天就都传遍了，可是想传到西头就不十分容易。西头的人不论老少，没事总不到老槐树底来闲坐，小孩们偶尔去老槐树底玩一玩，大人知道了往往骂道："下流东西！明天就要叫你到老槐树底去住啦!"有这层隔阂,有才的快板就很不容易传到西头。

抗战以来,阎家山有许多变化,李有才也就跟着这些变化作了些新快板,又因为作快板遭过难。我想把这些变化谈一谈,把他在这些变化中作的快板也抄他几段,给大家看看解个闷,结果就写成这本小书。

作诗的人,叫"诗人";说作诗的话,叫"诗话"。李有才作出来的歌,不是"诗",明明叫做"快板",因此不能算"诗人",只能算"板人"。这本小书既然是说他作快板的话,所以叫做《李有才板话》。

二　有才窑里的晚会

李有才住的一孔土窑,说也好笑,三面看来有三变,门朝南开,靠西墙正中有个炕,炕的两头还都留着五尺长短的地面。前边靠门这一头,盘了个小灶,还摆着些水缸、菜瓮、锅、匙、碗、碟;靠后墙摆着些筐子、箩头,里面装的是村里人送给他的核桃、柿子(因为他是看庄稼的,大家才给他送这些);正炕后墙上,就炕那么高,打了个半截套窑,可以铺半条席子:因此你要一进门看正面,好像个小山果店;扭转头看西边,好像石菩萨的神龛;回头来看窗下,又好像小村子里的小饭铺。

到了冷冻天气,有才好像一炉火——只要他一回来,爱取笑的人们就围到他这土窑里来闲谈,谈起话来也没有什么题目,扯到哪里算哪里。这年正月二十五日,有才吃罢晚饭,邻家的青年后生小福,领着他的表兄就开开门走进来。有才见有人来了,就点起墙上挂的麻油灯。小福先向他表兄介绍道:"这就是我们这里的有才叔!"有才在套窑里坐着,先让他们坐到炕上,就向小福道:"这是哪里的客?"小福道:"是我表兄!柿子洼的!"他表兄虽然年轻,却很精干,就谦虚道:"不算客,不算客!我是十六晚上在这里看戏,见你老叔唱焦光普唱得那样好,想来领领教!"有才笑了一笑又问道:"你村的戏今年怎么不唱了?"小福的表兄道:"早了赁不下箱,明天才能唱!"有才见他说起唱戏,劲上来了,就不客气地讲起来。他讲:"这焦光普,虽说是个丑,可是个大角色,唱就得唱出劲来!"说着就举起他的旱烟袋算马鞭子,下边虽然坐着,上边就抡打起来,一边抡着一边道:"一出场:当当当当当令×令当令×令……当令×各拉打打当!"他煞住第一段家伙,正预备接着打,门"啪"一声开了,走进来个小顺,拿着两个软米糕道:"慢着老叔!防备着把锣打破了!"说着走到炕边把胳膊往套窑里一展道:"老叔!我爹请你尝尝我们的糕!"(阴历正月二十五,此地有个节叫"添仓",吃黍米糕)有才一边接着一边谦让道:"你们自己吃吧!今天煮得都不多!"说着接过去,随便让了让大家,就吃起来。小顺坐到炕上道:"不多吧总不能像启昌老婆,过个添仓,派给人家小旦两个糕!"小福道:"雇不起长工不雇吧,雇得起管不起吃?"有才道:"启昌也还罢了,老婆不是东西!"小福的表兄问道:"哪个小旦?就是唱国舅爷那个?"小福道:

"对!老得贵的孩子给启昌住长工。"小顺道:"那么可比他爹那人强一百二十分!"有才道:"那还用说?"小福的表兄悄悄问小福道:"老得贵怎么?"他虽说得很低,却被小顺听见了,小顺道:"那是有歌的!"接着就念道:

张得贵,真好汉,

跟着恒元舌头转:

恒元说个"长",

得贵说"不短";

恒元说个"方",

得贵说"不圆";

恒元说"砂锅能捣蒜",

得贵就说"打不烂";

恒元说"公鸡能下蛋",

得贵就说"亲眼见"。

要干啥,就能干,

只要恒元嘴动弹!

他把这段快板念完,小福听惯了,不很笑。他表兄却嘻嘻哈哈笑个不了。

小顺道:"你笑什么?得贵的好事多着哩!那是我们村里有名的吃烙饼干部。"小福的表兄道:"还是干部啦?"小顺道:"农会主席!官也不小。"小福的表兄道:"怎么说是吃烙饼干部?"小顺说:"这村跟别处不同:谁有个事到公所说说，先得十几斤面五斤猪肉，在场的每人一斤面烙饼，一大碗菜，吃了才说理。得贵领一份烙饼，总得把每一张烙饼都挑过。"小福的表兄道："我们村里早二三年前说事就不兴吃喝了。"小顺道："人家哪一村也不兴了，就这村怪！这都是老恒元的古规。老恒元今天得个病死了，明天管保就吃不成了。"

正说着，又来了几个人：老秦①、小元、小明、小保。一进门，小元喊道："大事情！大事情！"有才忙道："什么？什么？"小明答道："老哥！喜富的村长撤差了！"小顺从炕上往地下

---

① 即小福的爹。

一跳道:"真的？再唱三天戏!"小福道:"我也算数!"有才道:"还有今天？我当他这饭碗是铁箍箍住了！谁说的？"小元道:"真的！章工作员来了，带着公事!"小福的表兄问小福道:"你村人跟喜富的仇气就这么大？"小顺道:"那也是有歌的：

一只虎，阎喜富，

吃吃喝喝有来路；

当过兵，卖过土，

又偷牲口又放赌，

当牙行，卖寡妇……

什么事情都敢做。

《李有才板话》
人民文学出版社 1952 年版

惹下他，防不住，

人人见了满招呼！

你看仇恨大不大？"小福的表兄听罢才笑了一声，小明又拦住告诉他道："柿子洼客你是不知道！他念的那还是说从前，抗战以后这东西趁着兵荒马乱抢了个村长，就更了不得了，有恒元那老不死的给他撑腰，就没有他干不出来的事，屁大点事弄到公所，也是桌面上吃饭，袖筒里过钱，钱淹不住心，说捆就捆，说打就打，说教谁倾家败产谁就没法治。逼得人家破了产，老恒元管'贱钱二百'，买房买地。老槐树底这些人，进了村公所，谁也不敢走到桌边。三天两头出款,谁敢问问人家派的是什么钱;人家姓阎的一年四季也不见走一回差,有差事都派到老槐树底,谁不是荒着地给人家支?……你是不知道,坏透了坏透了!"有才低声问道:"为什么事撤了的?"小保道:"这可还不知道,大概是县里调查出来的吧?"有才道:"光撤了差放在村里还是大害,什么时候毁了他才能算干净,可不知道县里还办他不办?"小保道:"只要把他弄下台,攻他的人可多啦!"

远远有人喊道:"明天到庙里选村长啦,十八岁以上的人都得去……"一连声叫喊,声音越来越近,小福听出来了，便向大家道："是得贵！还听不懂他那贱嗓？"进来了，就是得贵。他一进来，除了有才是主人，随便打了个招呼，其余的人都没有说话，小福、小顺彼此挤了挤眼。得贵道："这里倒热闹！省得我跑！明天选村长啦，凡年满十八岁者都去！"又把嗓子放得低低的："老村长的意思叫选广聚！谁不在这里，你们碰上告诉给他们一声！"说着抽身就走了，他才一出门，小顺抢着道："吃烙饼去吧！"小元道："吃屁吧！章工作员还在这里住着啦，饼恐怕烙不成！"老秦埋怨道："人家听见了！"小元道："怕什么？就是故意叫他听啦。"小保道:"他也学会打官腔了:'凡年满十八岁者'……"小顺道:"还有'老村长的意思'。"小福道:"假大头这回要变真大头啦呀!"小福的表兄问小福道:"谁是假大头?"小顺抢着道:"这也有歌:

刘广聚,假大头:

一心要当人物头,

抱粗腿,借势头,

拜认恒元干老头。

大小事,强出头,

说起话来歪着头。

从西头,到东头,

放不下广聚这颗头。

一念歌你就清楚了。"小福的表兄觉着很奇怪,也没有顾上笑,又问道:"怎么你村有这么多的歌?"小顺道:"提起西头的人来,没有一个没歌的,连哪一个女人脸上有麻子都有歌。不只是人,每出一件新事,隔不了一天就有歌出来了。"又指着有才道:"有我们这位老叔,你想听歌很容易!要多少有多少!"

小元道:"我看咱们也不用管他'老村长的意思'不意思,明天偏给他放个冷炮,揽上一伙人选别人,偏不选广聚!"老秦道:"不妥不妥,指望咱老槐树底人谁得罪得起老恒元?他说选广聚就选广聚,瞎惹那些气有什么好处?"

小元道:"你这老汉真见不得事!只怕柿叶掉下来碰破你的头,你不敢得罪人家,也还不是照样替人家支差出款?"老秦这人有点古怪,只要年轻人一发脾气,他就不说话了。小保向小元道:"你说得对,这一回真是该扭扭劲,要是再选上个广聚还不是仍出不了恒元老家伙的手吗?依我说,咱们老槐树底的人这回就出出头,就是办不好也比搓在他们脚板底强得多!"小保这么一说,大家都同意,只是决定不了该选谁好。依小元说,小保就可以办;老陈觉得要是选小明,票数会更多一些;小明却说在大场面上说个话还是小元有两下子。

李有才道:"我说个公道话吧:要是选小明老弟,保管票数最多,可是他老弟恐怕不能办:他这人太好,太直,跟人家老恒元那伙人斗个什么事恐怕没有人家的心眼多。小保领过几年羊①,在外边走的地方也不少,又能写能算,办倒没有什么办不了,只是他一家五六口子全靠他一个人吃饭,真也有点顾不上。依我说,小元可以办,小保可以帮他记一记账,写个什么公事……"这个意见大家赞成了。小保向大家道:"要那样咱们出去给他活动活动!"小顺道:"对!宣传宣传!"说着就都往外走。老

---

① 就是当羊经理。

秦着了急,叫住小福道:"小福!你跟人家逞什么能?给我回去!"小顺拉着小福道:"走吧走吧!"又回头向老秦道:"不怕!丢了你小福我包赔!"说了就把小福拉上走了。老秦赶紧追出来连声喊叫,也没有叫住,只好领上外甥①回去睡觉。

窑里丢下有才一个人,也就睡了。

三 打虎

第二天吃过早饭,李有才放出牛来预备往山坡上送,小顺拦住他道:"老

----
① 小福的表兄。

叔你不要走了！多一票算一票！今天还许弄成，已经给小元弄到四十多票了。"有才道："误不了！我把牛送到椒洼就回来。这时候又不怕吃了谁的庄稼！章工作员开会，一讲话还不是一大晌？误不了！"小顺道："这一回是选举会，又不是讲话会。"有才道："知道！不论什么会，他在开头总要讲几句'重要性'啦，'什么的意义及其价值'啦，光他讲讲这些我就回来了！"小顺道："那你去吧！可不要叫误了！"说着就往庙里去了。

庙里还跟平常开会一样，章工作员、各干部坐在拜厅上，群众站在院里,不同的只是因为喜富撤了差,大家要看看他还威风不威风,所以人来得特别多。

不大一会儿,人到齐了,喜富这次当最后一回主席。他虽然沉着气,可是嗓子究竟有点不自然,说了几句客气话,就请章工作员讲话。章工作员这次也跟从前说话不同了,也没有讲什么"意义"与"重要性",直截了当说道:"这里的村长,犯了一些错误,上级有命令叫另选。在未选举以前,大家对旧村长有什么意见,可以提一提。"大家对喜富的意见,提一千条也有,可是一来没有准备,二来碍于老恒元的面子,三来差不多都怕喜富将来记仇,因此没有人敢马上出头来提,只是交头接耳商量。有的说"趁此机会不治他,将来是村上的大害",有的说"能送死他自然是好事,送不死,一旦放虎归山必然要伤人"……议论纷纷,都没有主意。有个马凤鸣,当年在安徽卖过茶叶,是张启昌的姐夫,在阎家山下了户。这人走过大地方,开通一点,不像阎家山人那么小心小胆。喜富当村长的第一年,随便欺压村民,有一次压迫到他头上,当时惹不过,只好忍过去。这次喜富已经下了台,他想趁势算一下旧账,便悄悄向几个人道:"只要你们大家有意见愿意提,我可以打头一炮!"马凤鸣说愿意打头一炮,小元先给他鼓励道:"提吧!你一提我接住就提,说开头多着哩!"他们正商量着,章工作员在台上等急了,便催道:"有没有?再限一分钟!"马凤鸣站起来道:"我有个意见:我的地上边是阎五的坟地,坟地堰上的荆条、酸枣树,一直长到我的地后,遮住半块地不长庄稼。前年冬天我去砍了一砍,阎五说出话来,报告到村公所,村长阎喜富给我说的,叫我杀了一口猪给阎五祭祖,又出了二百斤面叫所有的阎家人大吃一顿,罚了我五百块钱,永远不准我在地后砍荆条和酸枣树。猪跟面大家算吃了,钱算我出了,我都能忍过去不追究,只是我种地出着负担永远叫给人家长荆条和酸枣树,我觉着不合理。现在要换村长,我请以后开放这个禁令!"章工作员好像有点吃惊,问大家道:"真有这事?"除了姓阎的,别人差不多齐声答道:"有!"有才也早回来了,听见是说这事,也在中间发冷话道:"比那更气人的事还多得多!"小元抢着道:"我也有个意见!"接着说了一件派差事。两个人发言以后,意见就多起来,你一款我一款,无论是花黑钱、请吃饭、打板子、罚苦工……只要是喜富出头做的坏事,差不多都说出来了,可是与恒元有关系的事差不多还没人敢提,直到晌午,意见似乎没人提了,章工作员气得大瞪眼,因为他常在这里工作,从来也不会想到有这么多的问题。他向大家发命令道:"这个好村长!把他捆起来!"一说捆喜富,当然大家很有劲,也不知道上来多少人,七手八脚把他捆成了个倒缚兔。他们问送到哪里,章工作员道:"且捆到下面的小屋里,拨两个人看守着,大家先回去吃饭,吃了饭选过村长,我把他带回区上去!"小顺、小福还有七八个人抢着道:"我看守!我看守!"小顺道:"迟吃一会饭有什么要紧?"章工作员又道:"找个人把上午大家提的意见写成个单子作为报告,我带回去!"马凤鸣道:"我写!"小保道:"我帮你!"章工作员见有了人,就宣布散了会。

　　这天晌午,最着急的是恒元父子,因为有好多案件虽是喜富出头,却还是与他们有关的。恒元很想吩咐喜富一下,叫他到县里不要乱说,无奈那么许多人看守着,没有空子,也只好罢了。吃过午饭,老恒元说身体有点不舒服,只打发儿子家祥去照应选举的事,自己却没有去。

　　会又开了,章工作员宣布新的选举办法道:"按正规的选法,应该先选村代表，然后由代表会里产生村长，可是现在来不及了。现在我想了个变通办法：大家先提出三个候选人，然后用投票的法子从三个人中选一个。投票的办法，因为不识字的人很多，可以用三个碗，上边画上记号，放到人看不见的地方，每人发一颗豆，愿意选谁，就把豆放到谁的碗里去；这个办法好不好？"大家齐声道："好！"这又出了家祥意料之外；他仗着一大部分人离不了他写票，谁知章工作员又用了这个办法。办法既然改了，他借着自己是个教育委员，献了个殷勤，去准备了三个碗，顺路想在这碗上想点办法。大家把三个候选人提出来了：刘广聚是经过老恒元的运动的，自然在数，一个是马凤鸣，一个就是陈小元。家祥把一个红碗两个黑碗上贴了名字向大家声明道："注意！一会儿把这三个碗放到里边殿里，次序是这样：从东往西，第一个，红碗，是刘广聚！第二个是马凤鸣，第三个是陈小元。再说一遍：从东往西，第一个，红碗，是刘广聚！第二个是马凤鸣，第三个是陈小元。"说了把碗放到殿里的供桌上，然后站东过西每人发了一颗豆，发完了就投起来，一会儿，投票完了，结果是马凤鸣五十二票，刘广聚八十八票当选，陈小元八十六票，跟刘广聚只差两票。

选举完了,章工作员道:"我还要回区上去。派两个人跟我相跟上把喜富送去!"家祥道:"我派我派!"下边有几个人齐声道:"不用你派,我去!我去!"说着走出十几个人来。章工作员道:"有两个就行!"小元道:"多去几个保险!"结果有五个去。章工作员又叫人取来了马凤鸣跟小保写的报告,就带着喜富走了。

刘广聚当了村长,送走章工作员之后,歪着个头,到恒元家里去——一方面是谢恩,一方面是领教,老恒元听了家祥的报告,知道章工作员把喜富带走,又知道小元跟广聚只差两票,心里着实有点不安,少气无力向广聚道:"孩子!以后要小心点!情况变得有点不妙了!马凤鸣,一个外来户,也要翻眼;老槐树底人也起了反了!"说着伸出两个指头来道:"你看危险不危险?两票!只差两票!"又吩咐他道:"孩子,以后要买一买马凤鸣的账,捡那不重要的委员给他当一个——就叫他当个建设委员也好!像小元那些没天没地的东西,以后要找个机会重重治他一下,要不就压不住东头那些东西。不过现在还不敢冒失,等喜富的事有个头尾再说!回去吧孩子!我今天有点不得劲,想早点歇歇!"广聚受完了这番训,也就辞出。

这天晚上,李有才的土窑里自然也是特别热闹,不必细说。第二天便有两段新歌传出来,一段是:

正月二十五,打倒一只虎;

到了二十六,老虎更吃苦,

大家提意见,尾巴藏不住,

咕咚按倒地,打个背绑兔。

家祥干眨眼,恒元屙一裤。

大家哈哈笑,心里满舒服。

还有一段是:

老恒元，真混账，

抱住村长死不放。

说选举，是假样，

侄儿下来干儿上。①

四　丈地

自从把喜富带走以后，老恒元总是放心不下，生怕把他与自己有关的事攀扯出来，可是现在的新政府不比旧衙门，有钱也花不进去，打发家祥去了几次也打听不着，只好算了。过了三个月，县里召集各村村长去开会，老恒元

---

① 喜富是恒元的本家侄儿，广聚是干儿。

托广聚到县里顺便打听喜富的下落。

隔了两天,广聚回来了,饭也没有吃,歪着个头,先到恒元那里报告。恒元躺着,他坐在床头毕恭毕敬地报告道:"喜富的事,因为案件过多,喜富不愿攀出人来,直拖累了好几个月才算结束。所有麻烦,喜富一个人都承认起来了,县政府特别宽大,准他呈递悔过书赔偿大众损失,就算完事。"恒元长长吐了口气道:"也算!能不多牵连别人就好!"又问道:"这次开会商议了些什么?"广聚道:"一共三件事:第一是确实执行减租,发了个表格,叫填出佃户姓名,地主姓名,租地亩数,原租额多少，减去多少。第二是清丈土地，办法是除了政权、各团体干部参加外，每二十户选个代表共同丈量。第三是成立武委会发动民兵，办法是先选派一个人，在阳历六月十五号以前到县受训。"老恒元听说喜富的案件已了，才放心了一点，及至听到这些事，眉头又打起皱来。他等广聚走了，便跟儿子家祥道："这派人受训没有什么难办，依我看还是巧招兵，跟阎锡山要的在乡军人一样，随便派上个谁就行了。减租和丈地两件事，在阎家山说来，只是对咱不利。不过第一件还好办，只要到各窝铺上说给佃户们一声，就叫他们对外人说是已经减过租了,他们怕夺地,自然不敢不照咱的话说;回头村公所要造表,自然还要经你的手,也不愁造不合适。只有这第二件不好办;丈地时候参加那么多的人,如何瞒得过去?"家祥眨着眼道:"我看也好应付!说各干部吧!村长广聚是自己人。民事委员教育委员是咱父子俩,工会主席老范是咱的领工,咱一家就出三个人。农会主席得贵还不是跟着咱转?财政委员启昌,平常打的是不利不害主义,只要不叫他吃亏,他也不说什么。他孩子小林虽然是个青救干部,啥也不懂。只有马凤鸣不好对付,他最精明,又是个外来户,跟咱都不一心，遇事又敢说话，他老婆桂英又是个妇救干部，一家也出着两个人……"老恒元道："马凤鸣好对付：他们做过生意的人最爱占便宜，叫他占上些便宜他就不说什么了。我觉得最难对付的是每二十户选的那一个代表，人数既多，意见又不一致。"家祥道："我看不选代表也行。"恒元道："不妥！章工作员那小子腿勤，到丈地时候他要来了怎么办？我看代表还是要，不过可以由村长指派，派那些最穷、最爱打小算盘的人，像老槐树底老秦那些人。"家祥道："这我就不懂了；越是穷人，越出不起负担，越要细丈别人的地……"

恒元道:"你们年轻人自然想不通:咱们丈地时候,先拣那最零碎的地方丈起——比方咱'椒洼'地,一亩就有七八块,算的时候你执算盘,慢慢细算。这么着丈量,一个椒洼不上十五亩地就得丈两天。他们那些爱打小算盘的穷户,哪里误得起闲工?跟着咱们丈过两三天,自然就都走开了。等把他们熬败了,咱们一方面说他们不积极不热心,一方面还不是由咱自己丈吗?只要做个样子,说多少是多少,谁知道?"家祥道:"可是我见人家丈过的地还插牌子!"恒元道:"山野地,块子很不规矩,每一处只要把牌子上写个数目——

比方'自此以下至崖根共几亩几分',谁知道对不对？要是再用点小艺道买一买小户，小户也就不说话了——比方你看他一块有三亩，你就说：'小户人家，用不着细盘量了，算成二亩吧！'这样一来，他有点小虚数，也怕多量出来，因此也就不想再去量别人的！"

恒元对着家祥训了这一番话；又打发他去请来马凤鸣。马凤鸣的地都是近二十年来新买的，不过因为买得刁巧一点，都是些大亩数——往往完一亩粮的地就有二三亩大。老恒元说："你的地既然都是新买的，可以不必丈量，就按原契插牌子。"马凤鸣自然很高兴。恒元又叫家祥叫来了广聚,把自己的计划宣布了一番。广聚一来自己地多,二来当村长就靠的是恒元,当然没有别的话说。

第二天便依着计划先派定了丈地代表,第三天便开始丈地。果不出恒元所料,章工作员来了,也跟着去参观。恒元说:"先丈我的!"村长广聚领头,民事委员阎恒元、教育委员阎家祥、财政委员张启昌、建设委员马凤鸣、农会主席张得贵、工会主席老范、妇救会主席桂英、青救会主席小林,还有十余个新派的代表们,带着丈地的弓、算盘、木牌、笔砚等,章工作员也跟在后边,往椒洼去了。

广聚管指画,得贵执弓,家祥打算盘。每块地不够二分,可是东伸一个角西打一个弯,还得分成四五块来算。每丈量完了一块,休息一会儿,广聚给大家讲方的该怎样算,斜的该怎样折,家祥给大家讲"飞归得亩"之算法。大家原来不是来学习算地亩,也都听不起劲来,只是觉着丈量得太慢。章工作员却觉着这办法很细致,说是"丈地的模范",说了便往柿子洼编村去了。

果不出恒元所料,两天之后,椒洼地没有丈完,就有许多人不来了。到了第五天,临出发只集合了七个人:恒元父子连领工老范是三个,广聚一个,得贵一个,还有桂英跟小林:一个没经过事的女人,一个小孩子。恒元摇着芭蕉扇,广聚端着水烟袋,领工老范捎着一张镢,小林捎着个镰预备割柴,桂英肚里怀着孕,想拔些新鲜野菜,也捎着个篮子,只有得贵这几天在恒元家里吃饭,自然要多拿几件东西——丈地弓、算盘、笔砚、木牌,都是他一个人抱着。出发地点是椒洼后沟,也是恒元的地,出发时候,恒元故意发脾气道:"又都不来了!那么多的委员,只说话不办事,好像都成了咱们七八个人的事了!"说着就出发了。这条沟没有别人的地，连样子也不用装，一进了沟就各干各的：桂英吃了几颗青杏，就走了岔道拔菜去了，小林也吃了几颗跟桂英一道割柴去了，家祥见堰上塌了个小豁，指挥着老范去垒，得贵也放下那些家什去帮忙，恒元跟广聚，到麦地边的核桃树底乘凉快说闲话去。

这天有才恰在这山顶上看麦子，见进沟来七八个人，起先还以为是偷麦子的，后来各干其事了，虽然离得远了认不清人，可是做的事也都看得很清楚，只有到核桃树底去的那两个人不知是干什么的。他又往前凑了一凑，能听见说说笑笑，却听不见说什么。他自言自语道:"这是两个什么鬼东西,我总要等你们出来!"说着就坐在林边等着。直到天快晌午,见有个人从核桃树下钻出来喊道:"家祥!写牌来吧!"这一下听出来了,是恒元。垄堰那三个人也过来了两个,一个是家祥,一个是老范。家祥写了两个木牌,给了老范一块,自己拿着一块:老范那块插在东圪嘴上,家祥那块插在麦地边。牌子插好,就叫来了桂英、小林,七个人相跟着回去了;有才见得贵拿着弓,才想起来人家是丈地,暗自寻思道:"这地原是这样丈的?我总要看看牌上写的是什么!"一边想,一边绕着路到沟底看牌。两块牌都看了,麦地边那块写的是:"自此至沟掌,大小十五块,共七亩二分二厘。"东圪嘴上那块写的是:"圪嘴上至崖根,共三亩二分八厘。"他看完了牌,觉着好笑。回来在路上编了这样一段歌:

丈地的,真奇怪,

七个人,不一块;

小林去割柴,桂英去拔菜,

老范得贵去垒堰,家祥一旁乱指派,

只有恒元与广聚,核桃树底乘凉快,

芭蕉扇,水烟袋,

说说笑笑真不坏。

坐到小晌午,叫过家祥来,

三人一捏弄,家祥就写牌,

前后共算十亩半,木头牌子插两块。

这些鬼把戏,只能哄小孩;

从沟里到沟外,平地坡地都不坏,

一共算成三十亩,管保恒元他不卖!

五 好怕的"模范村"

过了几天,地丈完了。他们果然给小户人家送了些小便宜,有三亩只估二亩,有二亩估作亩半。丈完了地这一晚上,得贵想在小户们面前给恒元卖个好,也给自己卖个好,因此在恒元家吃过晚饭,跟家祥们攀谈了几句,就往老槐树底来。老槐树底人也都吃过了饭,在树下纳凉、谈闲话,说说笑笑,声音很高。他想听一听风头对不对,就远远在路口站住步侧耳细听,只听一个人道:"小旦!你不能劝劝你爹以后不要当恒元的尾巴?人家外边说多少闲话……"又听见小旦拦住那人的话抢着道:"哪天不劝他?可是他不听有什么法?为这事不知生过多少气?有时候他在老恒元那里拿一根葱、几头蒜,我娘也不吃他的,我也不吃他的,就那他也不改!"他听见是自己的孩子说自己,更不便走进场,可是也想再听听以下还说些什么,所以也舍不得走开。停了一会儿,听得有才问道:"地丈完了?老恒元的地丈了多少?"小旦道:"听说是一百一十多亩。"小元道:"哄鬼也哄不过!不用说他原来的祖业,光近十年来的押地也差不多有那么多!"小保道:"押地可好算,老槐树底的人差不多都是把地押给他才来的!"说着大家就七嘴八舌,三亩二亩给他算起来,算的结果,连老槐树底带村里人,押给恒元的地,一共就有八十四亩。小元道:"他通年雇着三个长工,山上还有六七家窝铺,要是细量起来,丈不够三百亩我不姓陈!"小顺道:"你不说人家是怎样丈的?你就没听有才老叔编的歌?'丈地的,真奇怪,七个人,不一块……'"接着把那一段歌念了一遍,念得大家哈哈大笑。老秦道:"我看人家丈得也公道,要宽都宽,像我那地明明是三亩,只算了二亩!"小元道:"那还不是哄小孩?只要把恒元的地丈公道了,咱们这些户,二亩也不出负担,三亩还不出负担;人家把三百亩丈成一百亩,轮到你名下,三亩也得出,二亩也得出!"①

得贵听到这里,知道大家已经猜透了恒元的心事,这个好已经卖不出去,就返回来想再到恒元这里把方才听到的话报告一下。他走到恒元家,恒元已经

---

① 当时行的是累进税制。

睡了，只有家祥点着灯造表，他便把方才听到的话和有才的歌报告给家祥，中间还加了一些骂恒元的话。家祥听了，沉不住气，两眼眨得飞快，骂了小元跟有才一顿，得贵很得意地回去睡了。

第二天，不等恒元起床，家祥就去报告昨天晚上的事。恒元听了，倒不在乎骂不骂，只恨他们不该把自己的心事猜得那么透彻，想了一会儿道："非重办他几个不行！"吃过了饭，叫来了广聚，数说了小元跟有才一顿罪状，末了吩咐道："把小元选成什么武委会送到县里受训去，把有才撵走，永远不准他回阎家山来！"

广聚领了命即刻召开了个选人受训的会，仿照章工作员的办法推了三个候选人，把小元选在三人里边，然后投豆子，可是得贵跟家祥两个人，每人暗暗抓了一把豆子都投在小元的碗里，结果把小元选住了。

村里人，连恒元、广聚都算上，都只说是拔壮丁当兵。小元家里只有一个老娘，又没有吃的，全仗小元养活，一见说把小元选住了，哭着去哀求广聚。广聚奉的是恒元的命令，哀求也没有效，得贵很得意，背地里卖俏说："谁叫他评论丈地的事？"这话传到老槐树底，大家才知道原来是这么一回事。

小明见邻居们有点事,最能热心帮助。他见小元他娘哀求也无效,就去找小保、小顺等一干人来想办法。小保道:"我看人家既是有计划的,说好话也无用。依我说就真当了兵也不是坏事,大家在一处都不错,谁还不能帮一把忙?咱们大家可以招呼他老娘几天。"小明向小元道:"你放心吧!也没有多余的事!烧柴吃水,一个人能费多少,你那三亩地,到了忙时候一个人抽一晌工夫就给你捎带了!"小元的叔父老陈为人很痛快,他向大家谢道:"事到头上讲不起,既然不能不去,以后自然免不了麻烦大家照应,我先替小元谢谢!"

小元也跟着说了许多道谢的话。

在村公所这方面,减租跟丈地的两份表也造成了,受训的人也选定了,做了一份报告,吃过午饭,拨了个差,连小元一同送往区上。把这三件工作交代过,广聚打发人把李有才叫到村公所,歪着个头,拍着桌子大大发了一顿脾气,说他"造谣生事",又说"简直像汉奸",最后下命令道:"即刻给我滚蛋!永远不许回阎家山来!不听我的话我当汉奸送你!"有才无法,只好跟各牛东算了算账,搬到柿子洼编村去住。

隔了两天,章工作员来了,带着县里来的一张公事,上写道:"据第六区公所报告,阎家山编村各干部工作积极细致,完成任务甚为迅速,堪称各村模范,特传令嘉奖以资鼓励……"自此以后,阎家山就被称为"模范村"了。

六 小元的变化

两礼拜过后,小元受训回来了,一到老槐树底,大家就都来问询,在地里做活的,虽然没到晌午,听到小元回来的消息也都赶回来问长问短。小元很得意地道:"依他们看来这一回可算把我害了,他们哪里想得到又给咱们弄了个合适?县里叫咱回来成立武委会,发动民兵,还应许给咱们发枪,发手榴弹。县里说,'以后武委会主任跟村长是一文一武,是独立系统,不是附属在村公所',并且给村长下的公事叫他给武委会准备一切应用物件。从今以后,村里的事也有咱老槐树底的份儿了。"小顺道:"试试!看他老恒元还能独霸乾坤不能?"小明道:"你的苗也给你锄出来了。老人家也没有饿了肚,这家送个干粮,那家送碗汤,就够她老人家吃了。"小元自是感谢不提。

吃过午饭,小元到了村公所,把县里的公事取出来给广聚看。广聚一看公事,知道小元有权了,就拿上公事去找恒元。

恒元看了十分后悔道："想不到给他做了个小合适！"又皱着眉头想了一会儿道："既然错了，就以错上来——以后把他团弄住，叫他也变成咱的人！"广聚道："那家伙有那么一股拗劲，恐怕团弄不住吧！"恒元道："你不懂！这只能慢慢来！咱们都捧他的场，叫他多占点小便宜，'习惯成自然'，不上几个月工夫，老槐树底的日子他就过不惯了。"

广聚领了恒元的命，把一座庙院分成四部分：东社房上三间是村公所，下三间是学校，西社房上三间是武委会主任室,下三间留作集体训练民兵之用。

民兵动员起来了,差不多是老槐树底那一伙子,常和广聚闹小意见,广聚觉得很难对付。后来广聚常到恒元那里领教去,慢慢就生出法子来。比方广聚有制服,家祥有制服,小元没有,住在一个庙里觉着有点比配不上,广聚便道:"当主任不可以没制服,回头做一套才行!"隔了不几天,用公款做的新制服给小元拿来了。广聚有水笔,家祥有水笔,小元没有,觉着小口袋上空空的,家祥道:"我还有一枝回头送你!"第二天水笔也插起来了。广聚不割柴,家祥不割柴,小元穿着制服来割了一回柴，觉着不好意思，广聚道："能烧多少？派个民兵去割一点就够了！"

从此以后，小元果然变了：割柴派民兵，担水派民兵，自己架起胳膊当主任。他叔父老陈，见他的地也荒了，一日就骂他道："小元你看！近一两月来像个什么东西！出来进去架两条胳膊，连水也不能担了，柴也不能割了！你去受训，人家大家给你把苗锄出来，如今秀了一半穗了，你也不锄二遍，草比苗还高，看你秋天吃什么！"小元近来连看也没有到地里看过，经老陈这一骂，也觉得应该到地里看看去。吃过早饭，扛了一把锄，正预备往地里走，走到村里，正碰上家祥吃过饭往学校去。家祥含笑道:"锄地去啦?"小元脸红了,觉着不像个主任身份,便喃喃地道:"我到地里看看去!"家祥道:"歇歇谈一会儿闲话再去吧!"小元也不反对,跟着家祥走到庙门口,把锄放在门外,就走进去跟家祥、广聚闲谈起来,直谈到响午才回去吃饭去。吃过饭,总觉着不可以去锄地,结果仍是第二天派了两个民兵去锄。

这次派的是小顺跟小福,这两个青年虽然也不敢不去,可是总觉着不大痛快,走到小元地里,无精打采慢慢锄起来。他两个一边锄一边谈。小顺道:

"多一位菩萨多一炉香!成天盼望主任给咱们抵些事,谁知道主任一上了台,就跟人家混得很热,除了多派咱几回差,一点什么好处都没有!"小福道:"头一遍是咱给他锄,第二遍还教咱给他锄!"小顺道:"那可不一样:头一遍是人家把他送走了,咱们大家情愿帮忙;第二遍是人家升了官,不能锄地了,派咱给人家当差。早知道落这个结果,帮忙?省点气力不能睡觉?"小福道:"可惜把个有才老汉也撵走了,老汉要在,一定要给他编个好歌!"小顺道:"咱不能给他编个试试?"小福道:"可以!我帮你!"给小元锄地,他们既然有点不痛快,所以也不管锄到了没有,留下草了没有,只是随手锄过就是,两个人都把心用在编歌子上。小顺编了几句,小福也给他改了一两句,又添了两句,结果编成了这么一段短歌:

陈小元,坏得快,

当了主任耍气派,

改了穿,换了戴,

坐在庙上不下来,

不担水,不割柴,

蹄蹄爪爪不想抬,

锄个地,也派差,

逼着邻居当奴才。

小福晚上悄悄把这个歌念给两三个青年听,第二天传出去,大家都念得烂熟,小元在庙里坐着自然不得知道。

这还都是些小事,最叫人恨的是把喜富赔偿群众损失这笔款,移到武委会用了。本来喜富早两个月就递了悔过书出来了,只是县政府把他应赔偿群众的款算了一下,就该着三千四百余元,还有几百斤面、几石小米。这些东西有一半是恒元用了,恒元就着人告喜富暂且不要回来,有了机会再说。

恰巧"八一"节要检阅民兵,小元跟广聚说,要做些挂包、子弹袋、炒面袋,还要准备七八个人三天的吃喝。广聚跟恒元一说，恒元觉着机会来了，开了个干部会，说公所没款，就把喜富这笔款移用了。大家虽然听说喜富要赔偿损失，可是谁也没听说赔多少数目。因为马凤鸣的损失也很大，遇了事又能说两句，就有些人怂恿着他去质问村长。马凤鸣跟恒元混熟了，不想得罪人，可是也想得赔偿，因此借着大家的推举也就答应了。但是他知道村长不过是个假样子，所以先去找恒元。他用自己人报告消息的口气说："大家对这事情很不满意，将来恐怕还要讨这笔款！"老恒元就猜透他的心事，便向他道："这事怕不好弄，公所真正没款，也没有日子了,四五天就要用,所以干部会上才那么决定,你不是也参加过了吗?不过咱们内里人好商量;你前年那一场事,一共破费了多少,回头叫他另外照数赔偿你!"马凤鸣道:"我也不是说那个啦,不过他们……"恒元拦他的话道:"不不不!他不赔我就不愿意他!不信我可以垫出来!咱们都是个干部,不分个里外如何能行?"马凤鸣见自己落不了空,也就不说什么了;别人再怂恿也怂恿不动他了。

事过之后,第二天喜富就回来了。赔马凤鸣的东西恒元担承了一半,其余应赔全村民众,那么大的数目,做了几条炒面袋、几个挂包、几条子弹袋,又给民兵拿了二十多斤小米就算完事。

"八一"检阅民兵,阎家山的民兵服装最整齐,又是模范,主任又得了奖。

七　恒元、广聚把戏露底

过了阴历八月十五日,正是收秋时候,县农会主席老杨同志被分配到第六区来检查督促秋收工作。老杨同志叫区农会给他介绍一个比较进步的村,区农会常听章工作员说阎家山是模范村,就把他介绍到阎家山去。

老杨同志吃了早饭起程,天不晌午

就到了阎家山。他一进公所,正遇着广聚跟小元下棋。他两个因为一步棋争起来,就没有看见老杨同志进去。老杨同志等了一会儿,还没有人跟他搭话,他就在这争吵中问道:"哪一位是村长?"广聚跟小元抬头一看,见他头上箍着块白手巾,白小布衫深蓝裤,脚上穿着半旧的硬鞋至少也有二斤半重。从这服装上看,村长广聚以为他是哪村派来送信的,就懒洋洋地问道:"哪村来的?"老杨同志答道:"县里!"广聚仍问道:"到这里干什么?"小元棋快输了,在一边催道:"快走棋嘛!"老杨同志有些不耐烦,便道:"你们忙得很!等一会儿闲了再说吧！"说了把背包往阶台上一丢，坐在上面休息。广聚见他的话头有点不对，也就停住了棋，凑过来搭话。老杨同志也看出他是村长，却又故意问了一句："村长哪里去了？"他红着脸答过话，老杨同志才把介绍信给他，信上写的是：

"兹有县农会杨主席，前往阎家山检查督促秋收工作，请予接洽是荷……"

广聚看过了信，把老杨同志让到公所，说了几句客气话，便要请老杨同志到自己家里吃饭。老杨同志道："还是兑些米到老百姓家里吃吧！"广聚还要讲俗套，老杨同志道："这是制度，不能随便破坏!"广聚见他土眉土眼,说话却又那么不随和,一时想不出该怎么对付,便道:"好吧!你且歇歇,我给你出去看看!"说了就出了公所来找恒元。他先把介绍信给恒元看了,然后便说这人是怎样怎样一身土气,恒元道:"前几天听喜富说有这么个人。这人你可小看不得!听喜富说,有些事情县长还得跟他商量着办。"广聚道:"是是是!你一说我想起来了!那一次在县里开会,讨论丈地问题那一天,县干部先开了个会,仿佛有他,穿的是蓝衣服,眉眼就是那样。"恒元道:"去吧!好好应酬,不要冲撞着他!"广聚走出门来又返回去问道:"我请他到家吃饭,他不肯,他叫给他找个老百姓家去吃,怎么办?"恒元不耐烦了,发话道:"这么大一点事也问我?那有什么难办?他要那么执拗,就把他派到个最穷的家——像老槐树底老秦家,两顿糠吃过来,你怕他不再找你想办法啦?"广聚道:"老槐树底那些人跟咱们都不对,不怕他说坏话?"恒元道:"你就不看人?老秦见了生人敢放个屁?每次吃了饭你就把他招待回公所,有什么事?"

广聚碰了一顿钉子讨了这么一点主意,回去就把饭派到老秦家。这样一来,给老秦找下麻烦了!阎家山没有行过这种制度,老秦一来不懂这种管饭只是替做一做,将来还要领米,还以为跟派差款一样;二来也不知道家常饭就行,还以为衙门来的人一定得吃好的。他既是这样想,就把事情弄大了,到东家借盐,到西家借面,老两口忙了一大会儿,才算做了两三碗汤面条。

响午,老杨同志到老秦家去吃饭,见小砂锅里是面条,大锅里的饭还没有揭开,一看就知道是把自己当客人待。老秦舀了一碗汤面条,毕恭毕敬双手捧给老杨同志道:"吃吧先生!到咱穷人家吃不上什么好的,喝口汤吧!"他越客气,老杨同志越觉着不舒服,一边接一边道:"我自己舀!唉!老人家!咱们吃一锅饭就对了,为什么还要另做饭?"老秦老婆道:"好先生!啥也没有!只是一口汤!要是前几年这饭就端不出来!这几年把地押了,啥也讲不起了!"老杨同志听她说押了地,正要问她押给谁,老秦先向老婆喝道:"你这老不死,不知道你那一张疯嘴该说什么!可憋不死你!你还记得啥?还记得啥?"老杨同志猜着老秦是怕她说得有妨碍,也就不再追问,随便劝了老秦几句。老秦见老婆不说话了,因为怕再引起话来,也就不再说了。

　　小福也回来了。见家里有个人,便

问道:"爹!这是哪村的客?"老秦道:"县里的先生!"老杨同志道:"不要这样称呼吧!哪里是什么'先生'?我姓杨!是农救会的!你们叫我个'杨同志'或者'老杨'都好!"又问小福"叫什么名字","多大了"。小福一一答应。老秦老婆见孩子也回来了,便揭开大锅开了饭。老秦、老秦老婆,还有个五岁的女孩,连小福,四个人都吃起饭来。老杨同志第一碗饭吃完,不等老秦看见,就走到大锅边,一边舀饭一边说:"我也吃吃这饭,这饭好吃!"老两口赶紧一齐放下碗来招待,老杨同志已把山药蛋南瓜舀到碗里。老秦客气了一会儿，也就罢了。

小顺来找小福割谷，一进门碰上老杨同志，彼此问询了一下，就向老秦道："老叔！人家别人的谷都打了，我爹病着，连谷也割不起来，后晌叫你小福给俺割吧？"老秦道："吃了饭还要打谷！"小顺道："那我也能帮忙，打下你的来，迟一点去割我的也可以！"老杨同志问道："你们这里收秋还是各顾各？农救会也没有组织过互助小组？"小顺道："收秋可不就是各顾各吧？老农会还管这些事啦？"老杨同志道："那末你们这里的农会都管些什么事？"小顺道："咱不知道。"老杨同志自语道："模范

村!这算什么模范?"五岁的小女孩,听见"模范"二字,就想起小顺教她的几句歌来,便顺口念道:

  模范不模范,从西往东看;
  西头吃烙饼,东头喝稀饭。

  小孩子虽然是顺口念着玩,老杨同志却听着很有意思,就逗她道:"念得好呀!再念一遍看!"老秦又怕闯祸,瞪了小女孩一眼。老杨同志没有看见老秦的眼色,仍问小女孩道:"谁教给你的?"小女孩指着小顺道:"他!"老秦觉着这一下不只惹了祸,又连累了邻居。他以为自古"官官相卫",老杨同志要是回到村公所一说,马上就不得了。他气极了,劈头打了小女孩一掌骂道:"可哑不了你!"小顺赶紧一把拉开道:"你这老叔!小孩们念个那,有什么危险?我编的,我还不怕,就把你怕成那样?那是真的吧是假的?人家吃烙饼有过你的份?你喝的不是稀饭?"老秦就有这样一种习惯,只要年轻人说他几句,他就不说话了。

吃过了饭,老秦跟小福去场里打谷子。老杨同志本来预备吃过饭去找村农会主任,可是听小顺一说,已知道工作不实在,因此又想先在群众里调查一下,便向老秦道:"我给你帮忙去。"老秦虽说"不敢不敢",老杨同志却扛起木锨扫帚跟他们往场里去。

场子就在窑顶上,是好几家公用的。各家的谷子都不多,这天一场共摊了四家的谷子,中间用谷草隔开了界。

老杨同志到场子里什么都通,拿起什么家什来都会用,特别是好扬家,不只给老秦扬,也给那几家扬了一会儿,大家都说"真是一张好木锨"①。一场谷打罢了,打谷的人都坐在老槐树底休息、喝水、吃干粮,蹲成一圈围着老杨同志问长问短,只有老秦仍是毕恭毕敬

---

① 就是说他用木锨用得好。

站着,不敢随便说话。小顺道:"杨同志!你真是个好把式!家里一定种地很多吧?"老杨同志道:"地不多,可是做得不少!整整给人家住过十年长工!"老秦一听老杨同志是个住长工出身,马上就看不起他了,一屁股坐在墙根下道:"小福!不去场里担糠还等什么?"小福正想听老杨同志谈些新鲜事,不想半路走开,便推托道:"不给人家小顺哥割谷?"老秦道:"担糠回来误得了?小孩子听起闲话来就不想动了!"小福无法,只好去担糠。他才从家里挑起篓来往场里走,老秦也不顾别人谈话,又喊道:"细细扫起来!不要只扫个场心!"他这样子,大家都觉着他不顺眼,小保便向他发话道:"你这老汉真讨厌!人家说个话你偏要乱吵!想听就悄悄听,不想听你不能回去歇歇?"老秦受了年轻人的气自然没有话说,起来回去了。小顺向老杨同志道:"这老汉真讨厌!吃亏、怕事、受了一辈子穷,可瞧不起穷人。你一说你住过长工,他马上就变了个样子。"老杨同志笑了笑道:"是的!我也看出来了。"

广聚依着恒元的吩咐,一吃过饭就来招呼老杨同志,可是哪里也找不着,虽然有人说在场子里,远远看了一下,又不见一个闲人(他想不到县农会主席还能做起活来);从东头找到西头,西头又找回东头来,才算找到。他一走过来,大家什么都不说了。他向老杨同志道:"杨同志!咱们回村公所去吧!"老杨同志道:"好,你且回去,我还要跟他们谈谈。"广聚道:"跟他们这些人能谈个什么?咱们还是回公所去歇歇吧!"老杨同志见他瞧不起大家,又想碰他几句,便半软半硬地发话道:"跟他们谈话就是我的工作,你要有什么话等我闲了再谈吧!"广聚见他的话头又不对了,也不敢强叫,可是又想听听他们谈什么,因此也不愿走开,就站在圈外。大家见他不走,谁也不开口,好像庙里十八罗汉像,一个个都成了哑子。老杨同志见他不走开大家不敢说话,已猜着大家是被他压迫怕了,想赶他走开,便向他道:"你还等谁?"他哝哝唧唧道:"不等谁了!"说着就溜走了。老杨同志等他走了十几步远,故意向大家道:"没有见过这种村长!农救会的人到村里,不跟农民谈话,难道跟你村长去谈?"大家亲眼看见自己惹不起的厉害人受了碰,觉着老杨同志真是自己人。

天气不早了,小顺喊叫小福去割谷,老杨同志见小顺说话很痛快,想多跟他打听一些村里的事,便向他道:

"多借个镰,我也给你割去!"小明、小保也想多跟老杨同志谈谈,齐声道:"我也去!"小顺本来只问了个小福,连自己一共两个人,这会儿却成了五个。这五个人说说话话,一同往地里去了。

八 "老""小"字辈准备翻身

五个人到了地,一边割谷一边谈话。小顺果然说话痛快,什么也不忌讳。老杨同志提到晌午听的那四句歌,很夸奖小顺编得好。小保道:"他还是徒弟,他师父比他编得更好。"老杨同志笑道:"这还是有师父的?"向小顺道:"把你师父编出来的给咱念几段听一听吧?"小顺道:"可以!你要想听这,管保听到天黑也听不完!"说着便念起来。他每念一段,先把事实讲清楚了然后才念,这样便把村里近几年来的事情翻出来许多。老杨同志越听越觉着有意思,比自己一件一件打听出来的事情又重要又细致,因此想亲自访问他这师父一次,就问小顺道:"这歌编得果然好!我想见见这个人,吃了晚饭你能领上我去他家里闲坐一会儿吗?"小顺道:"可惜他不在村里了,叫人家广聚把他撵跑了!"接着就把丈地时候的故事从头至尾说了一遍,一直说到小元被送县受训,有才逃到柿子洼。老杨同志问道:"柿子洼离这里有多么远?"小顺往西南山洼里一指道:"那不是?不远!五里地!"老杨同志道:"我看这三亩谷也割不到黑!你们着个人去把他请回来,咱们晚上跟他谈谈!"小明道:"只要敢回来,叫一声他就回来了!我去!"老杨同志道:"叫他放心回来!我保他无事!"小顺道:"小明叔腿不快!小福你去吧!"小福很高兴地说了个"可以",扔下镰就跑了。小福去后老杨同志仍然跟大家接着谈话,把近几年来村里的变化差不多都谈完了。最后老杨同志问道:"这些事情,章工作员怎么不知道?"小保道:"章工作员倒是个好人,可惜没经过事,一来就叫人家团弄住了。"他们直谈到天快黑,谷也割完了,小福把有才也叫来了,大家仍然相跟着回去吃饭。

小顺家晚饭是谷子面干粮豆面条汤,给他割谷的都在他家吃。小顺硬要请老杨同志也在他家吃,老杨同志见他是一番实意,也就不再谦让,跟大家一齐吃起来。小顺又给有才端了碗汤拿了两个干粮,有才是自己人,当然也不客气。老秦听说老杨同志敢跟村长说硬话,自然又恭敬起来,把晌午剩下的汤面条热了一热，双手捧了一碗送给老杨同志。

晚饭吃过了，老杨同志向有才道："你住在哪个窑里？今天晚上咱们大家都到你那里谈一会儿吧！"有才就坐在自己的门口，顺手指道："这就是我的窑！"老杨同志抬头一看，见上面还贴着封条，不由他不发怒。他跳起来一把把封条撕破了道："他妈的！真敢欺负穷人！"又向有才道："开开锁进去吧！"有才道："这锁也是村公所的！"老杨同志道："你去叫村公所人来给你开！就说我把你叫来谈话啦！"有才去了。

有才找着了广聚，说道："县农会杨

同志找我回来谈话,叫你去开门啦!"广聚看这事情越来越硬,弄得自己越得不着主意,有心去找恒元,又怕因为这点小事受恒元的碰。他想了一想,觉着农救会人还是叫农救会干部去应酬,主意一定,就向有才道:"你等等,我去取钥匙去!"他回家取上钥匙,又去把得贵叫来,暗暗嘱咐了一番话,然后把钥匙给了得贵,便向有才道:"叫他给你开去吧!"有才就同得贵一同回到老槐树底。

得贵跟着恒元吃了多年残剩茶饭,半通不通的浮言客套倒也学得了几句。他一见老杨同志,就满面赔笑道:"这位就是县农会主席吗，慢待慢待！我叫张得贵，就是这村的农会主席。晌午我就听说你老人家来了，去公所拜望了好几次也没有遇面……"说着又是开门又是点灯，客气话说得既叫别人插不上嘴，小殷勤也做得叫别人帮不上手。老杨同志在地里已经听小顺念过有才给他编的歌，知道他的为人，也就不多接他的话。等他忙乱过后，大家坐定，老杨同志慢慢问他道："这村共有多少会员？"他含糊答道："唉！我这记性很坏，记不得了，有册子，回头查查看！"老杨同志道："共分几小组？"他道："这，这，这，我也记不、不清了。"老杨同志放大嗓子道:"连几个小组也记不清?有几个执行委员?"他更莫名其妙,赶紧推托道:"我,我是个老粗人,什么也不懂,请你老人家多多包涵!"老杨同志道:"你不懂只说你不懂,什么粗人不粗人?农救会根本没有收过一个细人入会!连组织也不懂,不只不能当主席,也没有资格当会员,今天把你这主席资格会员资格一同取消了吧!以后农救会的事不与你相干!"他一听要取消他的资格,就转了个弯道:"我本来办不了。辞了几次也辞不退,村里只要有点事,想不管也不行!……"老杨同志道:"你跟谁辞过?"他道:"村公所!"老杨同志道:"当日是谁教你当的?"他道:"自然也是村公所!"老杨同志说:"不怨你不懂,原来你就不是由农救会来的!去吧!这一回不用辞就退了!"他还要啰嗦,老杨同志挥着手道:"去吧去吧!我还有别的事啦!"这才算把他赶出去。

这天因为有才回来了,邻居们都去问候,因此人来得特别多,来了又碰上老杨同志取消得贵,大家也就站住看起来了。老杨同志把得贵赶走之后,顺便向大家道:"组织农救会是叫受压迫农民反对压迫自己的人。日本鬼子压迫我们,我们就反对日本鬼子;土豪恶霸压迫我们,我们就反对土豪恶霸。张得贵能领导你们反对鬼子吗?能领导着你们反对土豪恶霸吗?他能当个什么主席?……"老杨同志借着评论得贵,顺路给大家讲了讲"农救会是干什么的",大家听得很起劲。不过忙时候总是忙时候,大家听了一小会儿,大部分就都回去睡了,窑里只剩下小明、小保、小顺、有才四个人(小福没有来,因为后晌没有担完糠,吃过晚饭又去担去了)。老杨同志道:"请你们把恒元那一伙人做的无理无法的坏事拣大的细细说几件,我把他记下来。"说着取出钢笔和笔记簿子来道:"说吧!就先从喜富撤差说起!"小明道:"我先说吧,说漏了大家补!"接着便说起来。他才说到喜富赔偿大家损失的事,小顺忽听窗外好像有人,便喊道:"谁?"喊了一声,果然有个人咚咚咚跑了。大家停住了话,小保、小顺出来到门外一看,远远来了一个人,走近了才认得是小福。小顺道:"是你?你不进来怎么跑了?"小福道:"哪里是我跑?是老得贵!我担完了糠一出门就见他跑过去了!"小保道:"老家伙,又去报告去了!"小顺道:"要防备这老家伙坏事!你们回去谈吧,我去站个岗!"小顺说罢往窑顶上的土堆上去了,大家仍旧接着谈。老杨同志把材料记了一大堆，便向大家道："我看这些材料中，押地、不实行减租、喜富不赔款、村政权不民主，这四件事最大，因为在这四件事上吃亏的是大多数。咱们要斗争他们，就要叫恒元退出押地，退出多收的租米，叫喜富照县里判决的数目赔款，彻底改选了村政干部。其余各人吃亏的事，只要各个人提出，该怎么办就怎么办；只要这样一来他们就倒台了，受压迫的老百姓就抬起头来了。"

小明道："能弄成那样，那可真是又一番世界，可惜没有阎家——如今就想不出这么个可出头的人来。有几个能写能算、见过世面、干得了说话的,又差不多跟人家近,跟咱远。"老杨同志道:"现在的事情,要靠大家,不能只靠一两个人——这也跟打仗一样,要凭有队伍,不能只凭指挥的人。指挥的人自然也很要紧,可是要从队伍里提拔出来的才能靠得住。你不要说没有人,我看这老槐树底的能人也不少,只要大家抬举,到个大场面上,也能说他几句!"小保道:"这道理是对的,只是说到真事上我就懵懂了。就像咱们要斗争恒元,可该怎样下手?咱又不是村里的什么干部,怎样去集合人?怎样跟人家去说?人家要说理咱怎么办?人家要翻了脸咱怎么办？……"老杨同志道："你想得很是路，咱们现在预备就是要预备这些。咱们这些人数目虽然不少，可是散着不能办事，还得组织一下。在人家进步的地方，早就有组织起来的工农妇青各救会，你们这里因为一切大权都在恶霸手里，什么组织也没有。依我说，咱们明天先把农救会组织起来，就用农救会出面跟他们说理。咱们只要按法令跟他说，他们使的黑钱、押地、多收了人家的租子，就都得退出来。他要无理浑赖，现在的政府可不像从前的衙门，不论他是多么厉害的人，犯了法都敢治他的罪！"小保道："这农救会该怎么组织？"老杨同志就把《会员手册》取出来，给大家把会员的权利、义务、入会资格、组织章程等大概讲了一些，然后向大家道："我看现在很好组织，只要说组织起来能打倒恒元那一派，再不受他们的压迫，管保愿意参加的人不少！"小保道："那么明天你就叫村公所召开个大会，你把这道理先给大家宣传宣传，就叫大家报名参加，咱们就快快组织起来干！"老杨同志道："那办法使不得！"小保道："从前章工作员就是那么做的，不过后来没有等大家报名，不知道怎样老得贵就成了主席了！"老杨同志道："所以我说那办法使不得。那办法还不只是没有人报名：一来在那种大会上讲话，只能笼统讲，不能讲得很透彻；二来既然叫大家来报名，像与恒元有关系那些人想报上名给恒元打听消息，可该收呀不收？我说不用那样做：你们有两个人会编歌，就把'入了农救会能怎样怎样'编成个歌传出去，凡是真正受压迫的人听了，一定有许多人愿意入会，然后咱们出去几个人跟他们每个人背地谈谈，愿意入会的就介绍他入会。这样组织起来的会，一来没有恒元那一派的人，二来入会以后都知道会是做什么的。"大家齐声道："这样好，这样好！"小保道："那么就请有才老叔今天黑夜把歌编成,编成了只要念给小顺,不到明天晌午就能传遍。"老杨同志道:"这样倒很快,不过还得找几个人去跟愿意入会的人谈话,然后介绍他们入会。"小福道:"小明叔交人很宽,只要出去一转还不是一大群?"老杨同志道:"我说老槐树底有能人你们看有没有?"正说着,小顺跑进来道:"站了一会儿岗又调查出事情来了!广聚、小元、马凤鸣、启昌,都往恒元家里去了,人家恐怕也有什么布置。我到他门口看看,门关了,什么也听不见!"老杨同志道:"听不见由他去吧!咱们谈咱们的。你们这几个人算是由我介绍先入了会,明天你们就可以介绍别人。天气不早了,咱们散了吧!"说了就散了。

九　斗争大胜利

自从老杨同志这天后响碰了广聚一顿,晚上又把有才叫回,又取消张得贵的农会主席,就有许多人十分得意,暗暗道:"试试!假大头也有不厉害的时候?"第二天早上,这些人都想看看老杨同志是怎么一个人,因此吃早饭时候,端着碗来老槐树底的特别多。有才应许下的新歌,夜里编成,一早起来就念给小顺了,小顺就把这歌传给大家。

歌是这样念:

　　入了农救会,力量大几倍,

　　谁敢压迫咱,大家齐反对。

　　清算老恒元,从头算到尾;

　　黑钱要他赔,押地要他退;

　　减租要认真,一颗不许昧。

　　干部不是人,都叫他退位;

　　再不吃他亏,再不受他累。

　　办成这些事,痛快几百倍,

　　想要早成功,大家快入会!

　　提起反对老恒元,阎家山没有几个不赞成的,再说到能叫他赔黑款,退押地……大家的劲儿自然更大了,虽然也有许多怕得罪不起人家不敢出头的,可是仇恨太深,愿意干的究竟是多数。还有人说:"只要能打倒他,我情愿再贴上几亩地!"他们听了这入会歌,马上就有二三十个入会的,小保就给他们写上了名。山窝铺的佃户们,无事不到村里来。老杨同志道:"谁可以去组织他们?"有才道:"这我可以去!我常在他们山上放牛,跟他们最熟。"打发有才上了山,小明就到村里去活动,不到晌午就介绍了五十五个会员。小明向老杨同志道:"依我看来,凡是敢说敢干的,差不多都收进来了;还有些胆子小的,虽然也跟咱是一气,可是自己又不想出头,暂且还不愿参加。"老杨同志道:"不少,不少!这么大个小村子,马上说话马上能组织起五十多个人来,在我做过工作的村子里,这还算第一次遇到。从这件事上,可以看出一般人对他们仇恨太深,斗起来一定容易胜利!事情既然这么顺当,咱们晚上就可以开个成立大会,选举出干部,分开小组,明天就能干事。这村里这么多的问题,区上还不知道,我可以连夜回区上一次,请他们明天来参加群众大会。"正说着,有才回来了,有几家佃户也跟着来了。佃户们见了老杨同志,先问:"要是生起气来，人家要夺地该怎么办？"老杨同志就把法令上的永佃权给他们讲了一遍，叫他们放心。小明道："山上人也来了，我看就可以趁着晌午开个会。"老杨同志道："这样更好！晌午开了会，赶天黑我还能回到区上。"小明道："这会儿咱们到什么地方开？"老杨同志道："介绍会员不叫他们知道，是怕那些坏家伙混进来；开成立大会可不跟他们偷偷摸摸，到大庙里成立去！"吃过了午饭，庙里的大会开了，选举的结果，小保、小明、小顺当了委员。三个人一分工，小保担任主席，小明担任组织，小顺担任宣传。选举完了，又分了小组，阎家山的农救会就算正式成立。

老杨同志向新干部们道:"今天晚上,可以通知各小组,大家搜集老恒元的恶霸材料。"小顺道:"我看连广聚、马凤鸣、张启昌、陈小元的材料都可以搜集。"老杨同志道:"这不大妥当;马凤鸣、张启昌不是真心顾老恒元的人,照你们昨天谈的,这两个人有时候也反对恒元。咱们找个跟他说得来的人去给他说明利害关系,至少斗起恒元来他两人能不说话。小元他原来是你们招呼起来的人,只要恒元一倒,还有法子叫他变过来。把这些人暂且除过,只把劲儿用在恒元跟广聚身上,成功要容易得多。"老杨同志把这道理说完,然后叫他们多布置几个能说会道的人,预备在第二天的大会上提意见。

安顿停当,老杨同志便回到区公所去。他到区上把在阎家山发现的问题大致一谈,区救联会、武委会主任、区长,大家都莫名其妙,章工作员三番五次说不是事实。最后还是区长说:"咱们不敢主观主义,不要以为咱们没有发现问题就算没有问题。依我说,咱们明天都可以去参加这个会去,要真有那么大问题,就是在事实上整了我们一次风。"

老恒元也生了些鬼办法:除了用家

长资格拉了几户姓阎的,又打发得贵向农救会的个别会员们说:"你不要跟着他们胡闹!他们这些工作人员,三天调了五天换了,老村长是永远不离阎家山的,等他们走了你还出得了老村长的手心吗?"果然有几个人听了这话,去找小明要退出农救会,小明急了,跟小保小顺们商议。小顺道:"他会说咱也会说,咱们再请有才老叔编上个歌,多多写几张把村里贴满,吓他一吓!"有才编了个短歌,连编带写,小保也会写,小顺、小福管贴,不大一会就把事情办了,连老恒元门上也贴了几张。第二天早上,满街都有人在墙上念歌:

工作员，换不换，

农救会，永不散，

只要你恒元不说理，

几时也要跟你干！

这样才算把得贵的谣言压住。

吃过早饭，老杨同志跟区长、救联主席、武委会主任、章工作员一同来了，一来就先到老槐树底蹓了一趟，这一着是老恒元、广聚们没有料到的，因此马上慌了手脚。

群众大会开了，恒元的违法事实，大家一天也没有提完。起先提意见的还只是农救会人，后来不是农救会人也提起意见了。恒元最没法巧辩的是押地跟不实行减租，其余捆人、打人、罚钱、吃烙饼……他虽然想尽法子巧辩，只是证据太多，一条也辩不脱。

　　第二天仍然继续开会，直到晌午才算开完。斗争的结果，老恒元把八十四亩押地全部退回原主，退出多收了的租，退出有证据的黑钱。因为私自减了喜富的赔款，刘广聚由区公所撤职送县查办。喜富的赔款仍然如数赔出。在斗争的时候，自然不能十分痛快，像退押契，改租约……也费了很大周折，不过这种斗争，人们差不多都见过，不必细叙。

吃过午饭,又选村长。这次的村长选住了小保,因此农救会又补选了委员。因为斗争胜利,要求加入农救会的人更多起来,经过了审查,又扩充了四十一个新会员。其余村政委员,除了马凤鸣跟张启昌不动外,老恒元父子也被大家罢免了另行选过。

选举完了,天也黑了,区干部连老杨同志都住在村公所。因为村里这么大问题章工作员一点也不知道,还常说老恒元是开明士绅,大家就批评了他一次。老杨同志指出他不会接近群众,一来了就跟恒元们打热闹,群众有了问题自然不敢说。其余的同志,也有说是

"思想意识"问题或"思想方法"问题的,叫章同志作一番比较长期的反省。

批评结束了,大家又说起闲话,老杨同志顺便把李有才这个人介绍了一下,大家觉着这人很有趣,都说明天早上去访一下。

十 "板人"作总结

老杨同志跟区干部们因为晚上多谈了一会儿话,第二天醒得迟了一点。他们一醒来,听着村里地里到处喊叫,起先还以为出了什么事,仔细一听,才知道是唱不是喊。老杨同志是本地人,一听就懂，便向大家道："你们听老百姓今天这股高兴劲儿！'干梆戏'① 唱得多么喧！"

正说着，小顺唱着进公所来。他跳跳跶跶向老杨同志跟区干部们道："都起来了？昨天累了吧？"看神气十分得意。老杨同志问道："这场斗争老百姓觉着怎样？"小顺道："你就没有听见'干梆戏'？真是天大的高兴，比过大年高兴得多啦！地也回来了，钱也回来了，吃人虫也再不敢吃人了，什么事有这事大？"老杨同志道："李有才还在家吧？"小顺道："在！他这几天才回来没

---

① 这地方把不打乐器的清唱叫"干梆戏"。

有什么事，叫他吧？"老杨同志道："不用！我们一早起好到外边蹓一下，顺路就蹓到他家了！"小顺道："那也好！走吧！"小顺领着路，大家就往老槐树底来。

才下了坡，忽然听得有人吵架。区长问道："这是谁吵架？"小顺道："老陈骂小元啦！该骂！"区干部们问起底细，小顺道："他本来是老槐树底人，自己认不得自己，当了个武委会主任，就跟人家老恒元打成一伙，在庙里不下来。这两天斗争起老恒元来了，他没处去，仍然回到老槐树底。老陈是他的叔父，看不上他那样子，就骂起他来。"

区干部们听老杨同志说过这事,所以区武委会主任才也来了。区武委会主任道:"趁斗倒了恒元,批评他一下也是个机会。"大家本是出来闲找有才的,遇上了比较正经的事自然先办正经事,因此就先往小元家。老陈正骂得起劲,见他们来了,就停住了骂,把他们招呼进去。武委会主任也不说闲话,直截了当批评起小元来,大家也接着提出些意见,最后的结论分三条:第一是穿衣吃饭跟人家恒元们学样,人家就用这些小利来拉拢自己,自己上了当还不知道;第二是不生产、不劳动,把劳动当成丢人事,忘了自己的本分;第三是借着一点小势力就来压迫旧日的患难朋友。区武委会主任最后等小元承认了这些错误，就向他道："限你一个月把这些毛病完全改过，叫全村干部监视着你。一个月以后倘若还改不完，那就没有什么客气的了！"老陈听完了他们的话，把膝盖一拍道："好老同志们！真说得对！把我要说他的话全说完了！"又回头向小元道："你也听清楚了，也都承认过了！看你做的那些事以后还能见人不能？"老杨同志道："这老人家也不要那样生气！一个人做了错，只要能真正改过，以后仍然是好人，我们仍然以好同志看他！从前的事情已经过去了，尽责备他也无益,我看以后不如好好帮助他改过,你常跟他在一处,他的行动你都可以知道,要是见他犯了旧错,常常提醒他一下,也就是帮助了他了……"

谈了一会儿,已是吃早饭时候,老杨同志跟区干部们就从小元家里走出。他们路过老秦门口,冷不防见老秦出来拦住他们,跪在地下咕咚咕咚磕了几个头道:"你们老先生们真是救命恩人呀!要不是你们诸位,我的地就算白白押死了……"老杨同志把他拉起来道:"你这老人家真是认不得事!斗争老恒元是农救会发动的,说理时候是全村人跟他说的,我们不过是几个调解人。你的真恩人是农救会，是全村民众，哪里是我们？依我说你也不用找人谢恩，只要以后遇着大家的事靠前一点，大家是你的恩人，你也是大家的恩人……"老秦还要让他们到家里吃饭，他们推推让让走开了。

李有才见小顺说老杨同志跟区干部们找他，所以一吃了饭，取起他的旱烟袋就往村公所来。从他走路的脚步上，可以看出比哪一天也有劲。他一进庙门，见区村干部跟老杨同志都在，便道："找我吗？我来了！"小保道："这老叔今天也这么高兴？"有才道："十五年不见的老朋友，今天回来了，怎能不高兴?"小明想了一想问道:"你说的是个谁?我怎么想不起来?"有才道:"一说你就想起来了!我那三亩地不是押了十五年了吗?"他一说大家都想起来了,不由得大笑了一阵。

老杨同志向有才道:"最好你也在村里担任点工作干,你很有才干,也很热心!"小明道:"当个民众夜校教员还不是呱呱叫?"大家拍手道:"对!对!最合适!"

老杨同志向有才道:"大家想请你把这次斗争编个纪念歌好不好?"有才道:"可以!"他想了一会儿,向大家道:"成了成了!"接着念道:

阎家山,翻天地,

群众会,大胜利。

老恒元,泄了气,

退租退款又退地。

刘广聚,大舞弊,

犯了罪,没人替。

全村人,很得意,

再也不受冤枉气,

从村里,到野地,

到处唱起"干梆戏"。

大家听他念了,都说不错,老杨同志道:"这就算这场事情的一个总结吧!"

谈了一小会儿,区干部回区上去了,老杨同志还暂留在这一带突击秋收工作,同时在工作中健全各救会组织。

1943年10月写于太行

图书在版编目(CIP)数据

小二黑结婚/赵树理著. -- 上海：上海文艺出版社, 2021.
(红色经典文艺作品口袋书)
ISBN 978-7-5321-8057-8

Ⅰ.①小… Ⅱ.①赵… Ⅲ.①中篇小说－小说集－中国－当代 Ⅳ.①I247.5

中国版本图书馆CIP数据核字(2021)第146136号

发 行 人：毕　胜
责任编辑：郑　理
封面设计：陈　楠
美术编辑：钱　祯

书　　名：小二黑结婚
作　　者：赵树理
出　　版：上海世纪出版集团　上海文艺出版社
地　　址：上海市绍兴路7号　200020
发　　行：上海文艺出版社发行中心
　　　　　上海市绍兴路50号　200020　www.ewen.co
印　　刷：浙江海虹彩色印务有限公司
开　　本：787×1092　1/32
印　　张：5.375
插　　页：5
字　　数：41,000
印　　次：2021年8月第1版　2021年8月第1次印刷
ＩＳＢＮ：978-7-5321-8057-8/I·6380
定　　价：32.00元

告读者：如发现本书有质量问题请与印刷厂质量科联系　T:0571-85099218